高职国家示范专业规划教材·物流管理专业

U0140865

网络营销
实训手册

黄为平 主 编
赵春利 李作聚 副主编

清华大学出版社
北京

内 容 简 介

本书是针对我国电子商务的应用与发展,以及对电子商务专业人才的需要,面向高等职业教育相关专业编写的实训教材。本书通过网络营销实战演练和教学,使学生掌握网络数据调研分析、网络营销策划方法、网络营销平台建设与维护、网络营销 4C 理论、仓储管理、物流配送等相关理论知识和方法。

本书可以作为网络营销和电子商务专业的实训教材,也可以作为网络营销人员的学习资料。

图书在版编目 (CIP) 数据

网络营销实训手册/黄为平主编. —北京:清华大学出版社,2011.9
(高职国家示范专业规划教材.物流管理专业)
ISBN 978-7-302-26709-6

Ⅰ. ①网… Ⅱ. ①黄… Ⅲ. ①网络营销－高等职业教育－教材 Ⅳ. ①F713.36

中国版本图书馆 CIP 数据核字(2011)第 172533 号

责任编辑:张　弛
责任校对:刘　静
责任印制:李红英

出版发行:清华大学出版社　　　　　　　　地　　　址:北京清华大学学研大厦 A 座
　　　　　http://www.tup.com.cn　　　　邮　　　编:100084
　　　　社　总　机:010-62770175　　　　邮　　　购:010-62786544
　　　　投稿与读者服务:010-62776969,c-service@tup.tsinghua.edu.cn
　　　　质　量　反　馈:010-62772015,zhiliang@tup.tsinghua.edu.cn
印　装　者:北京市清华园胶印厂
经　　销:全国新华书店
开　　本:185×260　　　印　张:9　　　字　　数:204 千字
版　　次:2011 年 9 月第 1 版　　　印　次:2011 年 9 月第 1 次印刷
印　　数:1~3000
定　　价:18.00 元

产品编号:036411-01

《高职国家示范专业规划教材·物流管理专业》
编审委员会

近年来,我国高等职业教育蓬勃发展,高等职业教育的规模进一步扩大,服务经济社会的能力有了较大提高,为现代化建设培养了大量高素质技能型专门人才,为高等教育大众化作出了重要贡献。同时丰富了高等教育的体系结构,形成了高等职业教育的体系框架,也顺应了人民群众接受高等教育的强烈需求。

《教育部关于全面提高高等职业教育教学质量的若干意见》(以下简称《意见》)明确指出:课程建设与改革是提高教学质量的核心,也是教学改革的重点和难点。高等职业院校要积极与行业企业合作开发课程,根据技术领域和职业岗位(群)的任职要求,参照相关的职业资格标准,改革课程体系和教学内容,建立突出职业能力培养的课程标准,规范课程教学的基本要求,提高课程教学质量。同时《意见》指出,课程建设要改革教学方法和手段,融教、学、做为一体,强化学生能力的培养。加强教材建设,与行业企业共同开发紧密结合生产实际的实训教材。

北京财贸职业学院作为国家示范院校,物流管理专业作为国家示范专业,坚持以就业为导向,以提高学生综合职业能力为主线,通过校企合作重点开发了"仓储配送中心布局与管理"、"物流运输路线优化设计"、"国际货运代理业务流程设计"、"物流管理信息系统"等优质核心课程。

课程的开发采取了企业调研、岗位访谈、熟悉企业业务流程和工作标准、与企业管理者座谈等形式,结合不同企业类型的特点,总结出岗位典型的工作任务,通过项目的形式,按照实施的步骤,将具体的知识与技能要点体现出来,实现在工作中提高技能,在技能提高中学习知识,真正体现"工学结合"。

为了更好地突出技能的培养,我们还专门开发了相关核心课程的实训手册,这些手册是真正的技能训练,真正的工学结合课程的操作手册。通过此实训手册的训练,学生可以完全胜任物流企业基层领班人的岗位工作。

参与本套系列教材编写的团队中有教授、博士等,更有来自企业的管理者、一线专家,可以说本套教材是全体编写团队集体智慧的结晶,十分感谢他们的无私奉献。

王茹芹

2011 年 8 月

2010 年 3 月 19 日,北京市商委明确指出,北京商业自 2010 年后将全面"触网",力争网上零售额年增长 30%,创造世界网络销售发展的奇迹。现阶段北京很多商场已经触网,如王府井百货大楼、西单商场、翠微大厦等北京知名商场,而且已有稳定的消费群。这些知名大商场的网上商城必将引领大批的新兴网络商店、新兴网络企业的发展。首都网络经济已经进入了一个腾飞的时代。

首都网络经济的飞速发展,需要大量的网络营销技能人才。为加快人才培养步伐,为企业培养更多实战型网络营销技能人才,2009 年初我们已组建了网络营销工作室,并以此为根基着手进行教学改革,建立基于真实工作过程的网络营销实训教学课程体系。

建立基于真实工作过程的网络营销实训课程体系是在高职院校人才培养需要和我院办学特色的基础上提出的。网络营销工作室为网络营销及相关课程提供了真实的工作环境,对高职学生职业能力的培养起着决定性作用。我院已开设网络营销实训课程多年,积累了丰富的实践教学经验。目前国内普通高校和高职院校中已存在独立设置的《网络营销》课程,但都建立在模拟工作环境、模拟工作任务和模拟工作过程的基础上。以真实工作任务为驱动、以真实工作过程为教学情景、以项目教学为单元、以真实工作岗位为依托将教、学、做紧密地结合在一起网络营销实战教学体系,目前国内尚不多见。

基于上述,为了更好地促进高职学生的职业教育,办好"实训"这一举足轻重的教学环节,走校企结合的路,将最新的理论、技术、方法、业务流程带进课堂。特组织富有经验的骨干教师并结合企业资深专家、管理者将《网络营销岗位综合实训》课程办好、办成精品。

我院根据高职教学的特点三年来开设了《电子商务实训》课程,并与西单爱购物网站、北京用友集团共同搭建了北京财贸职业学院电子商务体验中心——财贸商城、北京财贸职业学院电子政务体验中心,北京财贸职业学院电子商务教学平台,北京财贸职业学院实训中心自动化办公系统。实训课将电子商务环境与电子政务环境相结合,以电子商务为主,电子政务为辅。

本实训课程特色:

(1) 通过网络营销实战演练和教学使学生掌握网络数据调研分析、网络营销策划方法、网络营销平台建设与维护、网络营销 4C 理论、仓储管理、物流配送等相关理论知识和方法。

（2）通过网络营销实战、专题讲座、案例解析、值岗轮岗等形式，使学生初步具备网络营销的实战技能，具体包括网络市场调研、完成策划方案报告、网络营销常用软件、网络营销站点运营与管理、网络营销销售实施、库存管理与配送、客服与结算等。

（3）通过实战演练和实践教学，使学生应具有积极向上的人格品质、团队合作的和谐风气、具有独立分析判断及解决问题的工作态度、具有敬业和乐于吃苦的奉献精神。

（4）以网络营销为核心，多门课程为辅助的庞大实战教学体系，既具有繁重的真实工作任务又有庞大的教学资源还具有科学的评估系统，无疑在高职教学改革中开创了先河。

（5）网络营销工作室将应用校园一卡通进行网上支付，是数字化校园建设的重要组成部分。一卡通在网上直接消费的模式，目前在国内属领先地位。

（6）学生在校园内便可开展网络营销实践活动，通过财贸网上商城 www. cai-mao. com 直接参与网上零售全过程，为腾飞的首都网络经济贡献自己的一份力量。

本教材经过多年的探索、研究和实践完成，由黄为平主编，赵春利和李作聚为副主编。本书在编写过程中得到华人博学电子商务有限公司的丛明副总经理、西单爱购物网站技术部车冬生、用友电子政务有限公司的赵天稀副总经理等的大力支持，在此表示深深的谢意。

黄为平

2011.6.2　于北京财贸职业学院

目　录

绪　言

为了使学生将课堂所学知识更好地为产品销售服务,提高分析及解决实际问题的能力,增强学员的操作技能,走出校门后能尽快地适应企业的要求,达到培养、提高学员职业能力的目的,并按照高职教育教学质量要求,以培养学生的职业能力为主。特开设电子商务岗位综合实训课程。

一、实训目标

本实训课程紧密联系企业实际,在拥有企业操作平台及企业办公环境的基础上,结合课堂所学,模拟真实电子商务公司内部岗位操作过程。

(一)培养、提高学生的职业实践操作能力

现代电子商务对动手能力和业务熟练程度要求较高。因此,本实训课程重在培养学生的实操能力,按照实训阶段进程的延展,学生的实际操作能力将不断得以提高,可包括如下几个阶段。

(1) 在企业办公平台上搭建个人用户,并掌握相关操作。

(2) 掌握真实电子商务(财贸商城)平台的网络营销、网页维护、系统树搭建的相关技巧。

(3) 熟练运用 Flash、Photoshsp、Illustrator、光影、美图、Coreldraw 等软件。

(4) 熟练掌握电子商务中的产品进、销、存业务流程。

(5) 通过不同的岗位间的密切配合、相互协作,培养学生独立分析和解决问题的能力。

(6) 在真实的环境中自行完成教师或当值经理下达的任务指标,以达到培养、提高学生的职业实践能力。

(二)加深对课堂所学理论知识的理解

学生通过亲身操作,轮岗轮训,将课堂所学的电子商务知识系统、全面、透彻地加以理解和掌握。

(三)培养学生综合职业技能素养

现代电子商务对从业人员有着很高的要求,技能上不仅要具备较高的计算机水平、网页维护技术、现代网络营销知识、电子交易技巧、物流服务能力及电子商务安全意识,还需了解传统的营销手段及传统的进、销、存操作流程。鉴于电子商务的特殊性,对从业人员业务水平的要求较广泛,因此必须综合强化学员的综合能力。通过换岗、轮岗,全方位体验电子商务活动的技能要求,培养从职人员的职业技能素养。根据这种要求,本实训课程营造了全真的电子商务业务环境,让学员充分体验真实的电子商务活动的工作氛围,在工作压力下,实现角色、岗位的转换,从而逐步形成良好的职业技能素养。

二、北京财贸商城——电子商务实训平台的特点

北京财贸职业学院的网上商城（http://www.qinqinxiaoyuan.com）是一个综合性的平台，整体内容包括：网上商城、学生实践实训测评系统、老师课件/教材、学生作品、典型案例、精品课程等方面。

网站总体定位分为多期进行，目前规划为三个阶段，即网站建设推广阶段、网站联盟运营阶段和网站综合运营阶段。以下主要对网站建设推广阶段进行分析。

（一）网站建设推广阶段

如何能让别人知道我们的网站？如何让别人记住我们的网站？如何提高网站黏性能让访客经常访问网站？所以在这个阶段，网站浏览量和网站知名度是最重要的因素。结合我们网站的市场和客户定位，我们可以把网站的前期浏览量重点定位于学校的学生和老师。

（1）课件/学生作品：方便老师随时能找到对应的资料，所以老师会经常登录网站，给网站带来一定的浏览量；无论老师还是学生都会登录网站看这一方面的内容。

（2）我是营销大师：在学生实践实训测评过程中，学生的能力会有所不同，我们可以结合这一特点，提出"我是营销大师"的概念，定期把能力优异的学生的心得等放在网站红榜上，一方面是对能力优异学生的公开肯定与表扬；另一方面也可以激发其他学生的比拼劲头和积极性，从而提高学生的实战能力，每个学生都会关注身边同学的情况，也会经常登录网站。

（3）二手（跳蚤）市场：结合学生的购买能力和消费习惯，我们对学生的消费分为两大类，第一类是品牌类（包含新品品牌，名牌产品），购买这一类产品的学生有一定经济基础，能够买得起贵的品牌的产品，只要价格相对实惠，质量能保证，学生还是很愿意在不离开学校的情况下就能买到自己喜欢的东西；第二类是非品牌类（即可延伸到二手产品），除了一部分有购买力的学生，更多的学生愿意花少量的钱买到经济实惠的东西，二手产品无疑是最好的选择，比如：买师兄师姐的辅导教材、学习用品等，既不会影响品质，也能省不少钱。上网站淘喜欢的产品是目前比较流行的方式，因此也就给网站带来不少流量。

以物易物。这个概念与上面的"二手市场"相呼应，学生可以在商城平台上注册会员，然后发布个人需要"易走"产品的信息，可以对信息进行删除，别人也可以对信息回帖。

如果学生要"易走"的产品在线下已经交易成功，学生需要把自己发布的信息删除掉（或状态改为"已售出"），每条信息的有效期为 7 天，如果 7 天之内学生未对信息做处理，网站后台会自动屏蔽该信息，并对此账号做一次不良记录，表现差的可以直接列入黑名单。

学生交易的商品不一定让交易对方满意，对方可能会在线投诉。出现这种情况，需要老师线下调解。

（4）在线电子书连载：很多学生喜欢看小说，连载小说能吸引部分学生长期的访问网站。

（5）在线小游戏：也有很多学生喜欢玩游戏，有趣好玩的在线小游戏也能吸引不少学生长期光顾网站。

（6）校园情侣：可以包含学生感兴趣的话题，也可以包含对学生成长有帮助的专题。

① 情感是很多男女大学生共同面对的，情感话题也是他们经常讨论的话题，现在很多学生谈恋爱，也需要得到一些正面的引导。

② 星座、血型、八卦新闻、体育新闻等也是学生常聊的话题。

③ 心理访谈专区，学生无论是在学习方面、生活方面，还是在感情方面都有可能遇到问题，有心理困惑。而他们往往又不愿意跟身边的同学提起，在线心理访谈专区可以给他们答疑解惑。

（7）职业规划专区：很多学生在报考专业的时候就计划着"我的明天"会做什么样的一份工作，所以在大学的时候也会常常关注与此有关的信息，特别是临近毕业的学生更是如此。网站可以为学生开辟"性格测试"、"职场问答"、"就业信息"、"应试技巧"、"面试心得"等板块，让学生参与进来。

（8）会员在线抽奖：年轻人对抽奖都会很感兴趣，虽然明知道中奖几率不大，但还是要不断去尝试，去碰碰手气。

（9）许愿墙（许愿树）：虽然是虚拟的许愿墙（许愿树），但具有相互祝福、美好祝愿、有利校园和谐及增进友谊的作用。

（10）精品课程。把学校历年不同专业的精品课程放在网络平台上，便于老师和学生浏览。

精品课程可按照不同科目的具体要求进行分类，例如：酒店管理专业中的餐饮管理课程，根据课程内容，结合学生实训要求，可以大概分为几个板块，即：课程描述、教学内容、教学团队、实践环节、教学条件、改革及成果、教学效果、申报材料、助学园地等。

而每一个板块里面又包含不同的内容，如：课程描述可以包含课程介绍、历史沿革、课程特色等；又如：教学内容里可以包含教学大纲、授课教案、课业、教学录像、参考文献等。

（二）网站联盟运营阶段

在网站足够吸引人，流量足够大，在线销售的产品足够多，网站的名气足够有影响力时，就可以进入网站的第二运营阶段了——网站联盟运营阶段。在这个时候我们可以把触角从学校延伸到社会，延伸到企业，网站可以帮助企业销售产品，也可以给企业做品牌推广。

无论什么样的公司，都希望自己家喻户晓，都希望自己的产品占据市场的每一个角落。所以公司也愿意在网站上做广告。作为网站运营者来讲，既实现了产品销售的盈利，又能得到广告输入，这样就能达到双赢的局面。

（三）网站综合运营阶段

随着公司的发展，每个公司都会不断增加规模，当然对人才的需求量也会越来越大，人才的储备是每个大公司必做的一件事情，所以我们也常常见到不少公司到校园里进行招聘，甚至还有不少公司与一些专职院校联合培养专业的人才，真正做到校企结合学校为公司定向培养专业的高素质人才。

北京财贸职业学院是一所综合性的专业院校，也是全国性示范院校，具有先天的优势，通过诸如实践、实训、测评等多渠道对学生实践能力的培训，加深与企业的合作，为不同的企业定向培养出优秀的人才。

三、实训流程和环境

基于真实运营环境的电子商务实训系统，打破了多年来以模拟电子商务环境为主的传统教学，借助 Internet 先进的技术手段和传统零售业从事电子商务的宝贵经验，让不同地域的电子商务服务体验者可以在任何时间自主地选择服务、享受服务，并借助先进完备的网上支付手段完成服务流程规划设计、服务产品购买和消费的完整过程。网上销售开辟了信息时代购物体验方式的新天地，打破了受传统购物方式限制的时间、地域和支付手段，并通过网上销售平台发布产品信息，收集客户信息，有效地提高了销售业绩，宣传了自我品牌的知名度，并且通过与企业、公司内部管理系统的集成，极大地提升了企业、公司的管理水平。

高职毕业生电子商务就业岗位要求为核心，以高职学生的认知水平为出发点，设置了岗位实训、业务流程实训等内容。技能训练内容以及相关知识，充分体现"够用、实用"原则。以应用为主旨，贯彻以技能训练为主导、相关知识为辅助的设计思想，搭建了技能与知识相互支撑的教学平台。内容涵盖了电子商务岗位的技能，并且与国家职业资格《助理电子商务师》鉴定内容接轨，为毕业生就业及考取职业资格证书奠定了基础。

现代电子商务系统，着眼于产业供应链的优化和管理，在企业、公司的商务电子化进程中发挥出越来越大的作用。

（一）业务流程

北京财贸职业学院电子商务实践教学平台(http://www.cai-mao.com)，通过为实习者提供真实环境下的、以网络经营管理为主线的电子商务活动，从而达到锻炼实习者项目计划、项目实施、真实开展经营推广活动的能力，最终达到提高实习者就业能力的目标。

平台的运营与管理提供在电子商务环境下的"进销存"业务流程，其中包括的功能有：商品管理、期初数据、采购管理、销售管理、库存管理、商店管理、客户管理、应收款明细、应付款明细、我的资料等。

1. 客户购物流程图

客户购物流程图如图 0-1 所示。

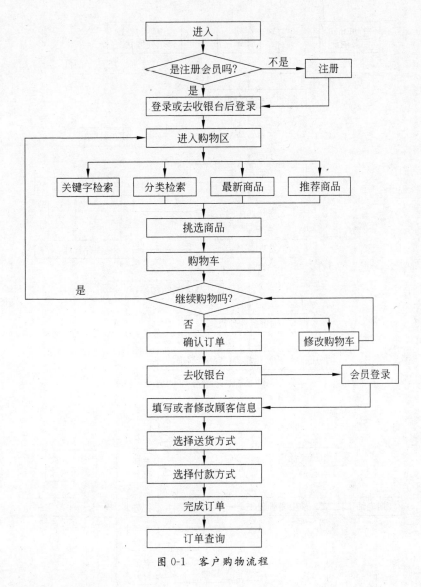

图 0-1 客户购物流程

2. 订单管理流程图

订单管理流程如图 0-2 所示。

3. 测评系统图解

测评系统如图 0-3 所示。

（二）实训场景设计

在模拟电子商务的业务环境中,分别按照各类机构的岗位设置和相应的业务内容安排实训部门和岗位,实训岗位成员可进一步划分为企业员工、客户和政府公务员,以营造真实的工作环境。

商城网站架构采用 .net 语言作为程序开发语言,所用到的软件工具有 Photoshop、

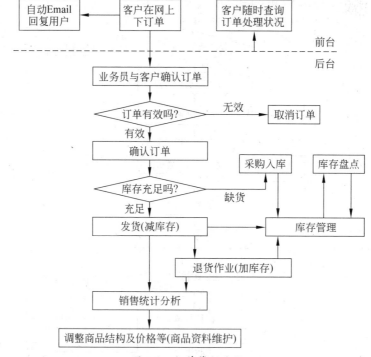

图 0-2　订单管理流程

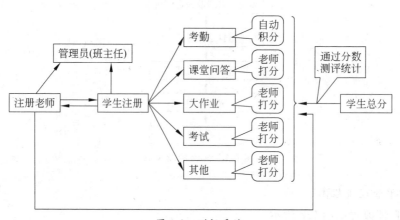

图 0-3　测评系统

Dreamvear、Flash、Firework、Illustrator、Flash FXP 等,页面切图采用 DIV+CSS 方式。由于是在线商城,对网站的速度要求比较高,所以建议用一台专用服务器来运营网站,服务器操作系统为 Windows 2003,服务器的基本配置要求硬盘大于 60G,内存大于等于 1G,服务器数据库为 SQL Server 2005。

网站数据进行加密,全套接层协议(SSL)是在 Internet 基础上提供的一种保证私密性的安全协议。它能使客户/服务器应用之间的通信不被攻击者窃听,并且始终对服务器进行认证,还可选择对客户进行认证。利用 SSL 协议被用来加密和认证网络服务,如在

WWW 服务器端设置支持 SSL，客户端的浏览器也支持 SSL（IE 和 Netscape 的较新版本），则 WEB 应用就可以实现远程安全登录和安全数据传输了。

SSH 协议被用来实现 telnet 的加密访问。利用 SSH 工具（如 SecureCRT）可以实现 FTP 的加密访问。

利用信息加密工具"PGPi"实现：密钥的创建和管理、窗口信息（包括 Email）加密与签名、文件的加密与签名、文件的传统加密和归档、文件和磁盘的安全清除。

提供与第三方 CA 认证机构单位认证和数字签名系统的良好接口，以确保贸易伙伴身份的真实性和不可抵赖性。

（三）实训室软、硬件配置

1. 硬件

计算机：

服务器端最低配置：奔腾 4、256M 内存、80G 剩余硬盘空间。代理服务器端最低配置：PⅢ 800 CPU、128M 内存、40G 剩余硬盘空间。客户端（桌面应用模式）最低配置：PⅢ 800 CPU、128M 内存、10G 剩余硬盘空间。

设备：服务器、柜员终端、刷卡器、磁条读写器、票据打印机、点验一体机。

用具：票据样本、各种单据、业务专用章。

2. 软件

操作系统：

数据库服务器：Windows Server 2000，Windows Server 2003\SP3\SP4，客户端：Windows Server 2000 或 Windows XP 或 Windows professional。

应用软件：

服务器：Microsoft SQL Server 2000，西单商场 netmall. cn 电子商务教学软件，cai-mao 网上交易平台。

实训一
策划及市场推广岗位

▲ 实训目标

　　根据前期市场调研、客户群的调研数据分析,确定经营商品的种类、价格和目标客户群。商品类别和价格是制约网站销售的关键,应选择有竞争力、有特色、配送方便、适合于网络销售的商品。价格和商品的质量密不可分,针对产品的性能和质量制定合理的有竞争力的价格。

　　首页是网站的门户,是客户了解网站的窗口。首页的策划和制作需突出网站的自身特点,将自身优势明显地显现出来,牢牢地吸引客户的眼球并方便地进入网站的下一级页面。

　　确定商品的销售对象、明确销售群体、有针对性地对自己的销售群体实施各种营销活动是销售成功与否的另一关键环节。针对目标客户群需精心策划各种形式的促销活动,以达到开拓市场、扩大知名度、增加销售量的效果。

　　本实训可使学生真实体验电子商务网店搭建过程中的策划和促销推广活动,如前期的市场调研、商品定位、价格定位、营销策略、市场推广等。实训结束后学员需提供企业创业方案、制作店铺首页、在店铺管理后台中完成各种促销活动的策划和实施。

▲ 实训任务

　　14 课时

任务1　编写企业创业方案

与经理岗位、内容编辑岗位、网络营销岗位、客服仓储物流岗位相互沟通、相互配合，共同讨论后独立编写出企业创业方案。

（一）确定经营项目

1．确定经营商品

商品的定位是制约网站销售的关键，应选择有竞争力、有特色、配送方便、适合于网络销售的商品。

2．确定客户群

市场的定位同样是制约网站销售的关键。确定商品的销售对象、明确销售群体、有针对性地对自己的销售群体实施各种营销活动是销售成功与否的另一关键环节。

3．制定价格策略

价格和商品的质量密不可分，针对产品的性能和质量制定合理价格。一般情况下，在网站开通之初，加价率维持在较低水平，商品的价格应保持在较低水准，以开拓市场、扩大网站的知名度为主。

4．制定销售渠道

网络缩短了人们的沟通距离，但没有缩短人们与商品的物理距离，选择合理的中间配送渠道是必需的。

（二）市场可行性分析

1．市场的潜在需求分析

明确自身的竞争优势和劣势，如在商品的采购、销售、营销等方面有哪些优势和劣势，确定目标市场，进行市场定位。

2．产品、价格优势

网络营销的产品可分为有形产品和无形产品。无形产品的销售无疑是网络营销的优势。当选择有形产品销售时要注意选择那些适宜于网络销售的商品，如：选择那些质量相差不大的商品，或非选购品；选择那些名牌企业的产品，或名牌商品；选择那些易于配送的商品。

网络营销运营成本低，商家可直接面对消费者，只要合理运用配送资源，合理制定配送价格，商品的销售价格应具有一定的优势。

3．网站内部及外部条件分析

略。

（三）经营理念

制定经营宗旨和服务理念。

（四）运营模式

选择适合自身网站特点的运营模式,包括采购、销售、配送和售后等。

（五）市场推广

网络将客户集中在一虚拟的空间,作为网站的管理者要充分利用这一特殊优势,将这一虚拟社区建设成网络营销的场所,扩大自身网站的影响力,让越来越多的客户参与进来。为达到这一目的,可在网站前台或首页建立 BBS 论坛、聊天室 Chat Room、讨论组 Discussion Group、在线调查等。

论坛和聊天室是网络社区中最重要的两种表现形式,网络社区可增进客户与企业之间联系,也可直接促进网上的销售。

在线调查是一种高效廉价的手段,在主页或相关页面建立在线调查区域是扩大市场占有率行之有效的手段。通过调研可有效地改进企业内部管理,更有针对性地满足消费者的需求。

以下是某院 2009 级电子商务专业 e-house 团队同学撰写的网店创业方案。

e-house 创业方案

一、开店背景

（一）电子商务的整体走势

随着互联网的迅速发展,网络安全的逐渐完善以及人们消费观念的不断转变,国内电子商务进入了一个飞速发展的阶段。特别是在经济危机对你的生活带来威胁和影响的时候,电子商务成为经济发展中最大的亮点之一。

电子商务已经全面覆盖商业经济的各个方面,当前的电子商务应用,已呈现出较高的普及化与常态化趋势。据 CNZZ 的数据显示,电子商务的站点数保持着高速的增长,其发展可谓红红火火。伴随网民数的不断增加,国内使用第三方电子商务平台的中小企业用户规模已经突破 1300 万,网络用户的规模已经突破了 1.09 亿。

阿里巴巴集团的董事长马云说:"国货将和'中国制造'一起,在未来十年里占据世界经济主流。"网络市场正在蓬勃发展中……

（二）网络与实体店的比较

1. 优点

（1）进入条件

① 实体店经营需要在开店前办理工商税务等方面的申请注册手续,而网店经营目前还不需要。

② 实体店经营投入资金大,少则几万元多则十几万元,而网店几百两千不等就可以开张大吉了。

③ 实体店经营如果不准备雇请帮手就必须自己投入其中(有工作的得准备辞职了),而网店经营则不需要考虑此点,兼顾经营即可。

（2）经营优势

① 成本低

相比实体店动辄数万元的成本资金,网店的投入成本实在是微不足道。实体店需要花大资金租店面,而网店只需要花几分钟的时间免费或交纳少量资金注册即可;实体店装修店需要一笔不少的资金,而网店加上旺铺和专业设计,也许总共几百元;可以根据顾客需要再进货下单,省去积压货物的资金投入;经营形式主要是在网络上进行,不需要跟实体店那样交纳电费、水费,也不需要时时有人看守,减少了人力投入。

② 消费者群体广泛

实体店一般会因为店铺的地段、店面大小、经营类型而限制其顾客人群,网店的“地段”,是有着数以千万计的人流量,店面大小也不受限制,可以实现在一家店铺经营成千上万种商品。

③ 经营方式灵活,受限制小

网店的经营基本上不受营业时间、地点、面积这些因素的影响,只要服务器不出问题,可以一年 365 天,一天 24 小时不停地运作,也不需要有人专门地看管,更不需要网下开店那样多的手续,消费者可以随时随地登录你的网店购买商品。

（3）区域特性

实体店经营:实体店地域性非常明显,只能是在一个城市或者一个小区或者一条街道,消费群会受到一定局限。

网店经营:网店经营完全不受地域限制,相反却会因为网络的便利四通八达,近的可以做遍所在城市,远的可以遍及全国市场,俗话说“百样货百样人爱”,在这样一个庞大的全国市场环境下,有时就会发生你觉得不好卖的东西偏有人喜欢,这个人说不喜欢的东西那一个人却“爱不释手”的情况出现。

（4）淡旺季节

实体店经营:很大程度上靠四季气候变化转换和节假日来带动消费,所以就存在淡旺之分。

网店经营:与实体店不同的是,虽然也存在季节转换,但四通八达的网络却不受地域的限制;倒是实体店经营者最喜欢周六日、节假日,在网店经营者看来也是交易相对平静的日子,淘宝最近也在推出的类似“周末疯狂购”等活动,网店经营者也会慢慢改变这样的格局。

（5）同行竞争

实体店经营因成行成市,迎合了顾客购物习惯,可以说大家聚在一起机会均等;但正因为是一个城市的经营者,所售货品相同的比例就较大(除非是有地域控制的加盟品牌),所以实体店之间的竞争显而易见,实体店经营现在是费用逐年增长,利润却在不断下降,因为市场的残酷竞争,不善经营又无实力的小卖家很容易血本无归被淘汰关门;而网点经营虽然同行竞争也很大,但它一方面受信用高低的趋势影响,另一方面还有个运气在里面;同时因为投入小,不少网店如果经营一段时期毫无起色,还有个改换门面的灵活性,很快就又可以尝试经营另一新品,这样的转换并不像实体店那样要承受诸多的局限和压力。

2. 劣势

（1）成交方式及售后服务

实体店经营采取的是面对面的成交,有现货摸得着也试得到,且一手交钱,一手交货,在很高的顾客自主判断下成交,顾客满意度相对也很高,极少存在退货退款的事例,即便万一不满意而换款退货,也会很快圆满解决。

网店经营:以图片介绍为主,辅助以文字(或语音)介绍,虽然没有面对面,但你的人品和对货品的了解程度,可以从你的交谈中反映出来,成交以汇款邮寄为主,但因为顾客看不见实物,无法清楚判断和掌握货品的质地、款型;所以极易发生大小、色差等瑕疵问题,而邮寄目前还存在不少服务有待完善和提高的地方,也容易给交易带来麻烦,给顾客带去不满。

(2)发展趋势

实体店经营:不管网络销售的发展如何迅猛、有声有色,实体店的经营将无可避免的存在并发展下去,因为它不仅仅满足了人们的消费层面,试想一下独自一人或三五知己在慢慢悠悠地闲逛中,边看边聊,这其中的乐趣是网店难以呈现和满足的,可以说实体店给顾客的眼手口都带来了满足和享受,这就是实体店的魅力所在。

网店经营:网络用户的规模已经突破了 1.09 亿。网络购物的前景也是十分看好的。

3. 小商品

(1)市场行情

随着人们生活水平的提高,人们渐渐地从解决温饱问题上升到了满足精神上的欲望,例如,女士对如何让自己变得更美。中国对外开放使中国慢慢地融入了西方的文化,例如,每年 2 月 14 号的情人节,很多的情侣都会毫不吝啬地为自己心爱的人买到最能表达自己心意的礼物。人们生活的快节奏化,在生活中更需要方便的产品。以及旅游业的发达,人们工作上的繁重,使人们更有理由去带着方便的用具去旅游度假,这无疑促进了小商品市场的进一步发展。给小商品市场带来非常大的潜力。

(2)选择小商品的理由

初次开网店,往往没有什么经验。小商品不需要很大的投入,遇到麻烦可以马上调整战略措施,损失不会很重;另外小商品的发展很有潜力,她慢慢的赢得了更多人群的需要与喜爱,适应力比较好,同食品等相比较,有很长的寿命期,同服装类比较,在质量上以及可行度上更容易让顾客接受。在 21 世纪的今天,虽然中国互联网的使用人数稳步增长,但是上网购物的人主要还是青年人,青年人更加容易接受小商品的价值,所以我店选择了在网上出售小商品;由于小商品的大小有限,邮寄也是很方便,另外小商品的利润差相比其他商品来说很高。

(3)主要面向人群

我店所出售的小商品主要面向青年人,第一,网上购物的主要群体是年轻人;第二,年轻人相比老年人,更乐于接受新事物;第三,年轻人的活动量比较大,思想比较前卫,更需要方便,有意义的产品。第四,年轻人总是充满好奇心,愿意掏腰包来满足自己的好奇心。第五,21 世纪是充满个性的时代,每个人都希望自己是独一无二的,它更是年轻人的时代,而小商品恰恰能表现出一个人的个性。年轻人的思想是永远也不会停滞的,所以小商品充满了无限的潜力……

二、具体方案

(一)店铺介绍

e-house 主要经营小商品,包括日用品、玩具、礼品等。我们本着讲诚信,保质量,负责到底的原则,以服务到家为宗旨。在物质文化日益增长的今天我们的经营理念不是一成不变的,除了创新、紧跟潮流、独特、简单快捷之外最重要的就是变化,变化是我们的动力,只要有变化就会有希望。如图 1-1~图 1-3 所示。

图 1-1   e-house 团队 Logo

图 1-2   e-house 店铺店招

图 1-3   e-house 店铺首页

（二）市场定位

我们要在客户心目中树立独特的形象,通过制作、宣传、销售、促销活动等让客户记住 e-house,并且使本网店与其他网店严格区分开来,使顾客明显感觉和认识到这种差别,从而在顾客心目中占有特殊的位置。

我们的网店刚刚创立,不采取迎头定位,因为在资源和资金方面我们都有不足,但这并不意味着我们将采取避强定位,因为我们可选择的范围有限,这样会让我们的损失更大。因此我们采取创新定位与重新定位相结合,借鉴成功网店的优点加以改造创新,随着市场的变化而重新定位。

我们对于产品的定位侧重于产品的实体定位,要求产品质量好,成本低,特征突出,性能高,可靠性强。e-house虽然是网络经营但也需要像企业一样的品牌力量,提高可信度。我们把竞争定位在小成本同行竞争领域。我们把年轻人定位为本网店的的目标顾客群,因为他们追求新潮、个性与简捷。e-house的产品适用范围广泛,无论是家居、出行或是送礼都是很好的选择。

通过调研我们发现其实在小商品这一目标市场上顾客的欲望满足程度其实并不高。第一,顾客往往抱怨商品重复率高,每家卖的东西差不多,我们可以进一些新颖的东西来满足顾客的需求。二,小商品有很多只是摆设,实用性不强,我们可以进一些实用性强的东西,不仅仅是追求美观。第三,质量,顾客往往认为小商品价格便宜但质量没有保障,我们要进质量好的货品,还可以针对这一点出台好的退换措施,如一周之内包退包换。

（三）特色

e-house是一个大家庭,作为商家期待利润的同时我们也希望在这里购物的人拥有愉快的消费体验。因此我们为顾客开创了开放式管理体系。这是一个提供新老顾客交流、我们与顾客交流以及提供友情链接的平台。顾客可以在这里对商品和服务进行真实的评价,并且分享感受。通过友情链接可以通过我们直接了解到其他店铺的消息,通过比较要让顾客明白 e-house 是开放的、真实的。我们并不知道顾客真正的需求是什么,这样往往会将发展跑偏,通过与顾客开展交流,我们可以及时知道他们需要的是什么,调动他们的积极性和对我店的依赖度。这样,我们的灵感来自于顾客,我们可以靠稳定目标顾客的态度和加深目标顾客的感情来提高知名度以及口碑和再次购买率,以及一传十,十传百的群众效益。e-house的部分商品如图1-4～图1-11所示。

图1-4　读卡器

图1-5　钥匙链

图1-6　手链

图 1-7 洗漱三件套

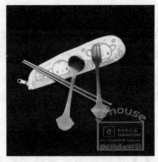
图 1-8 餐具三件套

图 1-9 卡通杯

图 1-10 便携杯

图 1-11 指甲钳

（四）促销计划及方式

促销是我们销售的一个重要环节,通过促销来促进销售,消化库存,打击对手。我们将让利 5% 来做促销,可以说促销这个东西是每年都在做,每季都在做,甚至是每个月都在做的。促销的时间长度以及具体的价格定位依照具体情况而定。

我们促销针对的是年轻人,首先他们对促销的潮流商品会感兴趣,其次他们消费起来比较不计价格,而且他们的传播性强。

具体来说,我们可以通过开业促销,新品上市促销,季节性促销,节庆促销等理由来进行促销。我们通过旺旺消息,签名档宝贝题目,公告,写帖等高效实用的方式来推广宣传我们的促销。至于促销的手段有很多,我们可以通过直接间接折扣、VIP、赠送、会员、团购、满 49 元免运费、代金券、秒杀、拍卖等。派发红包邀请买家,低价红包。

（五）销售量的提高

提高销售量首先要提高浏览量。关于提高浏览量我们可以通过发表精华帖子,精华帖子能带来很大的看帖量,引来回帖者和看客,从中可以培养潜在顾客。

多建友情链接,借用人家的店铺来为我们的店铺免费做广告,特别是那些浏览量特别大的店铺。

巧用搜索,我们的店铺和宝贝的名字要加多一些买家常用的搜索关键字,可以增加网店的曝光率。

我们将多利用拍卖、直通车、计数器升级旺铺,还可以加入消保等方式来提高销售量。

我们可以打包推荐:充分考虑买家的需求,精心准备合适合理的产品配套组合,然后在店铺首页设置一个打包推荐首页。买家可以通过该链接直奔主题,快速找到自己需要的产品,既有效率生双方沟通的时间,同时又增加了产品的配套销售。

利用"我的江湖"栏目可以帮助卖家便捷地同其好友、同事、同学、家人等保持联系,使买家及时了解他们的最新状况与动态信息,获得更可靠的经验与建议,一起享受网购,享受生活,感受不一样的淘宝新体验。

积极参与淘宝网活动:淘宝网经常举办各种活动,一般分为促销类活动、招商类活动和培训类活动等,参加这些活动可以更好的享受淘宝网更好的推广资源以及学习更多的淘宝知识。

多用拍卖形式提高访问量:这里说的拍卖并非指用来处理的商品,而是一种网络销售行为,价格是不固定的,有两个以上的买主互相竞争,价高者得。以此活动来吸引买家关注。

在网购逐渐成为一种潮流的时候,人们也渐渐意识到了解各种网络骗术的重要性。所以作为网店卖家,可以多发表一些揭露骗子行骗手段和防止被骗的技巧,以吸引买家的关注。例如,"皇冠卖家是骗子?真假轻松识别"这样标题的帖子再链接到淘宝社区首页后,绝对可以为你的小店赢得不小的浏览量和销售量。

(六)销售量估计

我们估计我们网店的销售量在刚开始应该不会很高,每天有商品售出就很不错,毕竟由于客观因素的影响,顾客接受起来也是需要时间的。但是我们也有具体的目标:第一周的销售量达到 7 个商品,利润 30 元左右。争取逐周增加几件商品的销量。争取一个月销量达到三十个左右,利润能突破百元大关。但随着技术的增长希望我们的利润能逐月增长 2～3 倍。如表 1-1 所示。

表 1-1　销售利润预估

时　　间	销售数量/个	利润/元
第一周	7	30
第二周	8	35
第三周	9	40
第四周	10	45
总　　计	34	150

(七)进销流程

① 进货:小商品批发市场(天意市场、动物园等地);

② 制作:拍照、处理、上传、包装;

③ 开始交易:销售;

④ 运输:顺丰鑫飞鸿快递公司;

⑤ 收款:支付宝、货到付款;

⑥ 结束交易;

⑦ 售后服务:退换货、与顾客交流。

(八)运输

顺丰鑫飞鸿快递公司从2002年在广东珠三角地区设立了收派件及相关的快件服务机构开始,发展到现在集国内航空、铁路、公路、电子商务、快递等全国性物流快递网络公司。目前,总公司在深圳,在全国多个省市、自治区200多个大中型城市建立2500多个收派网点,开通省际快线运输100多条。我们联手顺丰鑫飞鸿快递公司保证以安全、快捷、专业、诚信为根本,为您提供一流的送货质量。鑫飞鸿快递价格如表1-2所示。

表1-2　鑫飞鸿快递价格表

北京	3kg 6元,续1kg 1元
一区	江苏 浙江 安徽 上海 天津 山东 河南 河北 湖南 湖北 辽宁 江西 广东 7 续 3
二区	吉林 黑龙江 四川 重庆 云南 山西 广西 陕西 内蒙古 福建 海南 8 续 5
三区	宁夏 甘肃 10 续 8
四区	新疆 西藏 20 续 20
代收货款	首重 12 续不变　北京 10 元

中国十大快递公司排名和关注指数如图1-12所示。

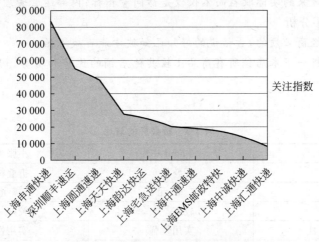

图 1-12　快递公司排名及关注指数

（九）宣传

我们可以巧妙利用橱窗推荐位推荐即将下架的商品,使其在淘宝首页显示,这样能让更多的人找到你的店铺。例如白天12个小时卖家可以每隔一个小时发布一件商品,那么在7天后有效日期结束时,每个小时都能使你的宝贝出现在首页。

我们申请网上相册,利用图片版分类。用赏心悦目的网店装修吸引更多的买家来光顾,一定程度上增加了买家的停留时间,相对也增加了成交的概率。

我们还添加了背景音乐用来吸引买家。

我们设置店铺推荐的商品,不仅拥有店铺最中间的显眼位置,而且在每个商品详情的页面底部也会出现。另外推荐商品还会出现在阿里旺旺的聊天对话框中,这样的商品要比其他商品的"曝光率"高很多。

我们在店铺交流区利用留言发布产品的优惠信息,购买商品的关注度相等。店铺的交流内容越多,表示店铺的受关注程度越高,卖家良好的服务态度、周到的答复可以在无形中给店铺加分,增加买家的信任感。

灵活运用信用评价免费做广告：信用评价是买家增加卖家的了解和考评卖家服务及商品质量的标准之一。所以充分利用店铺信用评价，将买家真实客观的评价展示给更多的新买家，增加卖家对店铺的信赖感。

（十）发展计划

网站策划建设阶段：时间为1个月。

网站基本建设完成，模版与照片设置工作基本完成。

网站发布初级阶段：时间为3～6个月。

尽快提升访问量是主要推广目标。并通过各方面磨合使网站得到进一步完善。

网站基本运营阶段：时间为半年。

保持访问量的稳步提升，并考虑与实际收益的结合；需要重视网站推广效果的管理。并在运营过程中使网站处于最佳状态。

网站稳定期阶段：时间半年。

注重访问量带来的实际收益而不仅仅是访问量指标；内部运营管理成为工作重点。

三、竞争对手分析

对手分析是经商必须的，古话说的好知己知彼才能百战不殆。

下面主要分析一下本店铺所有商品比较其他店铺的优势和劣势。如表1-3～表1-12所示。

（一）折叠杯

表1-3　折叠杯的对比

店铺名称	e-house	小张哥哥店铺
商品种类	折叠杯	折叠杯
商品价格	1.99元	1.7元
商品质量	较好	较好
商品实用性	实用性强	实用性强
店铺规模	较小	较大
店铺服务	好	较好
运输方式	快递	平邮
运输价格	6元	免
店铺图片	真实	真实
针对人群	年轻人	年轻人

折叠杯方便携带，实用性强，虽然售价不如对手便宜，但是本店的服务绝对一流。

（二）随手杯

表1-4　随手杯对比

店铺名称	e-house	粉色卡通屋
商品种类	随手杯	随手杯
商品价格	9.9元	15元
商品质量	较好	较好
商品实用性	实用性强	实用性强

续表

店铺名称	e-house	粉色卡通屋
店铺规模	较小	较大
店铺服务	好	较好
运输方式	快递	快递
运输价格	6元	10元
店铺图片	真实	真实
针对人群	年轻人	年轻人

随手杯适用性较强,一半多为学生使用,美观可爱,方便清洁,本店商品价格比对手店便宜,快递价格相对少。是学生们的不错选择。

(三)钥匙扣

表1-5 钥匙扣对比

店铺名称	e-house	世界品牌钥匙扣批发
商品种类	钥匙扣	钥匙扣
商品价格	8元	8元
商品质量	较好	较好
商品实用性	实用性强	实用性强
店铺规模	较小	较大
店铺服务	好	较好
运输方式	快递	快递
运输价格	6元	10元
店铺图片	真实	真实
针对人群	所有人群	所有人群

钥匙扣是防止钥匙丢失的好东西,方便寻找钥匙,给钥匙更好的分类,本店铺商品价格与对手持平,但种类比对手多,选择多。运费相对便宜,各类人群均可使用。

(四)手机读卡器

表1-6 手机读卡器对比

店铺名称	e-house	阿里时尚
商品种类	手机读卡器	手机读卡器
商品价格	8元	7.99元
商品质量	较好	较好
商品实用性	实用性强	实用性强
店铺规模	较小	较大
店铺服务	好	较好
运输方式	快递	快递
运输价格	6元	10元
店铺图片	真实	真实
针对人群	有手机的学生群体	有手机的学生群体

手机读卡器是读手机内存卡的必备选择,它支持 XP、Win7 等多种电脑系统,携带方便,本店价格便宜,邮费便宜。

(五)马克杯(瓷)

表1-7　马克杯对比

店铺名称	e-house	世贸家具专营店
商品种类	马克杯	马克杯
商品价格	20 元	23 元
商品质量	较好	较好
商品实用性	实用性强	实用性强
店铺规模	较小	较大
店铺服务	好	较好
运输方式	快递	快递
运输价格	6 元	10 元
店铺图片	真实	真实
针对人群	学生	学生

马克杯是用陶瓷制成的,本店出售的马克杯,杯身厚很有手感,杯身图案丰富,本杯对人身体无害,适用于送礼。本店相对于对手售价便宜,邮费在北京地区也很便宜。

(六)不锈钢筷子、叉、勺套装

表1-8　餐具套装对比

店铺名称	e-house	鱼家馆
商品种类	不锈钢筷子、叉、勺套	不锈钢筷子、叉、勺套
商品价格	9 元	11.8 元
商品质量	较好	较好
商品实用性	实用性强	实用性强
店铺规模	较小	较大
店铺服务	好	较好
运输方式	快递	快递
运输价格	6 元	10 元
店铺图片	真实	真实
针对人群	学生	学生

不锈钢产品易清洗,本点出售的餐具套装相比对手物美价廉,邮费很低。

(七)键盘清洁扫

表1-9　键盘清洁扫对比

店铺名称	e-house	世贸家具专营店
商品种类	键盘清洁扫	键盘清洁扫
商品价格	8 元	8 元
商品质量	较好	较好

续表

店铺名称	e-house	世贸家具专营店
商品实用性	实用性强	实用性强
店铺规模	较小	较大
店铺服务	好	较好
运输方式	快递	快递
运输价格	6 元	10 元
店铺图片	真实	真实
针对人群	经常使用电脑的人	经常使用电脑的人

　　键盘器清洁扫能让顾客在家自行清理键盘。商品刚刚上市不久,价格相对平稳,质量好是本产品销售的重点。另外,邮费低廉。

(八) 四叶草手链

表 1-10　四叶草手链对比

店铺名称	e-house	无忧淘驿站
商品种类	四叶草手链	四叶草手链
商品价格	19.9 元	14.9 元
商品质量	较好	较好
商品实用性	实用性强	实用性强
店铺规模	较小	较大
店铺服务	好	较好
运输方式	快递	快递
运输价格	6 元	12 元
店铺图片	真实	真实
针对人群	女士	女士

四叶草手链,镀银,手感较好,有水钻搭配,对手商品没有水钻,没有本手链长。

(九) 可爱指甲刀

表 1-11　可爱指甲刀对比

店铺名称	e-house	默默爱
商品种类	可爱指甲刀	可爱指甲刀
商品价格	4.5 元	5 元
商品质量	较好	较好
商品实用性	实用性强	实用性强
店铺规模	较小	较大
店铺服务	好	较好
运输方式	快递	快递
运输价格	6 元	6 元
店铺图片	真实	真实
针对人群	所有人	所有人

指甲刀实用性强,现在是彰显个性的年代,所以指甲刀的美观和个性、质量尤其重要,本店指甲刀比对手的指甲刀便宜好用。

(十)洗漱套装

表 1-12　洗漱套装对比

店铺名称	e-house	转角旺铺
商品种类	洗漱套装	洗漱套装
商品价格	10 元	10.8 元
商品质量	较好	较好
商品实用性	实用性强	实用性强
店铺规模	较小	较大
店铺服务	好	较好
运输方式	快递	快递
运输价格	6 元	10 元
店铺图片	真实	真实
针对人群	女士	女士

洗漱套装是出行的好帮手,体积小,便于携带是它的最大优势。本店的商品稍便宜,邮费也稍便宜,但是质量不会打折扣。

总结:

通过十种商品的比较,我们的送货速度和快递价格还是很有优势的,部分商品的价格较便宜,是顾客的好选择,我们的服务更是力争做到尽量满足顾客的需要。优势会随着我们店铺的成长逐渐体现出来。

四、组织分配

(一)人员分工

孟令璟:宣传、管理

李申辰:计算机

郑芳:策划

李敬远:导购

陶菁:物流

(二)具体工作介绍

身为组长的孟令璟负责做好店内宣传和推广。装修好店铺后,组长需要对店铺细节方面进行相应的优化设置并充分了解自己的店铺,通过与他人交流、设置店铺推荐位的商品向客户宣传自己的店铺。专业的店内设置,不仅可以增加店铺的宣传效果,也有助于店铺品牌的形成。

网上开店除了最基本的硬件投入外(电脑与便捷的网络、方便联系的电话),还需要相应的软件来辅助。李申辰能够熟练运用网站设计软件、图像处理软件、即时通信软件和收发电子邮件,网上开店是一个需要不断学习和进步的工作,需要卖家掌握基本的网上操作技术并学习一些相关的软件操作知识,那样将会更加有利于开展网上销售。

担当策划的郑芳头脑清晰、想法独特,语言组织能力强,能够为店铺的发展提供日常经营问题的咨询以及文案写作。在遇到分歧时她能及时认清事物的本质,排除不正确因素的干扰,保持清醒的头脑和正确的决策。

在保证产品质量的同时,也要为自己的网店引入正确的服务理念。作为一名导购李敬远善于把握消费者心理和行业资讯、坦诚说明商品的优缺点、摆正心态尽量满足买家要求、诚信为伴、把握时机促成交易。

在网上购物除了虚拟物品,其他商品一般都需要邮局、快递公司或者物流公司将宝贝送到买家手中。作为管理商品运输的陶菁首先对快递公司进行了比较(见表1-13)。

表1-13 中国十大快递公司的排名和关注指数

排　　名	公　　司	关注人数	联系方式
1	上海申通快递	83 678	021-39206666
2	深圳顺丰速运	55 062	4008111111
3	上海圆通速递	48 442	021-52273639
4	上海天天快递	27 850	021-65849222
5	上海韵达快运	24 810	021-62215588
6	上海宅急送快递	19 944	4006789000
7	上海中通速递	18 857	021-59130790
8	上海 EMS 邮政特快	17 658	11185
9	上海中诚快递	14 078	021-51691885
10	上海汇通快递	8013	021-59114488

选择一种合适的送货方式可以节省买家的时间和运费,让买家真正体会到网络购物的方便快捷、物美价廉,享受更多的实惠。

请单击进入 e-house 团队的学生创建的网店:http://shop65234398.taobao.com/

任务2 制作 Logo

此岗位的学员需用 Illustrator 制作网页 Logo。

(一)Logo 的概念

1. 什么是 Logo

在电子商务领域中对日常企业而言,Logo 是标志、徽标的意思,是互联网上各个网站区分其他网站或用来与其他网站链接的图形标志。

2. Logo 的功能

(1) Logo 是与其他网站链接以及让其他网站链接的标志和门户

Internet 之所以叫做"互联网",在于各个网站之间可以连接。要让其他人走入你的网站,必须提供一个让其进入的门户。而 Logo 图形化的形式,特别是动态的 Logo,比文字形式的链接更能吸引人的注意。在如今争夺眼球的时代,这一点尤其重要。

（2）Logo 是网站形象的重要体现

试问一个衣冠楚楚的人怎么能让自己的名片污渍不堪？就一个网站来说，Logo 即网站的名片。而对于一个追求精美的网站，Logo 更是它的灵魂所在，即所谓的"点睛"之处。

（3）Logo 能使受众便于选择

一个好的 Logo 往往会反映网站及制作者的某些信息，特别是对一个商业网站来讲，我们可以从中基本了解到这个网站的类型，或者内容。在一个布满各种 Logo 的链接页面中，这一点会突出的表现出来。想一想，你的受众要在大堆的网站中寻找自己想要的特定内容的网站时，一个能让人轻易看出它所代表的网站的类型和内容的 Logo 会有多重要。

（二）Logo 的国际标准规范

为了便于 Internet 上信息的传播，一个统一的国际标准是需要的。实际上已经有了这样的一整套标准。其中关于网站的 Logo，目前有三种规格：88 像素×31 像素这是互联网上最普遍的 Logo 规格，本站所收集的均是这种大小；120 像素×60 像素这种规格用于一般大小的 Logo；120 像素×90 像素这种规格用于大型 Logo。

（三）Logo 的制作工具和方法

目前并没有专门制作 Logo 的软件，其实也并不需要这样的一种软件。我们平时所使用的图像处理软件或者还加上动画制作软件（如果要制作动画 Logo）都可以很好地胜任这份工作，如 Photoshop、Illustrator 等。而 Logo 的制作方法也和制作普通的图片及动画没什么两样，不同的只是规定了它的大小而已。

（四）Logo 应具备的条件

Logo 应符合国际标准、精美独特、与网站的整体风格相融、能够体现网站的类型、内容和风格。

（五）网络 Logo 设计的基本应用原理

在网络 Logo 设计中极为强调统一的原则。统一并不是反复某一种设计原理，应该是将其他的任何设计原理如：主导性、从属性、相互关系、均衡、比例、反复、反衬、律动、对称、对比、借用、调和、变异等设计人员所熟知的各种原理，正确地应用于设计的完整表现。统一也可解释为，共通以上所述各原理，而更高、更概括、更综合的原理。

构成 Logo 的各要素，一般都具有一种共通性及差异性，这个差异性又称为独特性，或叫做变化，而统一是将多样性提炼为一个主要表现体，称为多样统一的原理。统一在各部分的要素中，有一个大小、材质、位置等具有支配全体的作用的要素，被称为支配。精确把握对象的多样统一并突出支配性要素，是设计网络 Logo 必备技术因素。

网络 Logo 所强调的辨别性及独特性，导致相关图案字体的设计也要和被标识体的性质有适当的关联，并具备类似风格的造型。

网络 Logo 设计更应注重是一种对事物张力的把握，在浓缩了文化、背景、对象、理念及各种设计原理的基调上,实现对象最冲动的视觉体现。也可以理解为一种最受制约的冲动,在任何方面的张力不足的情况下,精心设计的 Logo 常会因为不理解、不认同、不现实、不前卫、不艺术、不朴实等相互矛盾的理由而被用户拒绝或为受众排斥、遗忘。所以恰到好处地理解用户及 Logo 的应用对象,是少做无用功的不二法门。

通过对标识的识别、区别、引发联想、增强记忆,促进被标识体与其对象的沟通与交流,从而树立并保持对被标识体的认知、认同,达到高效提高认知度、美誉度的效果。作为时代的前卫,网络 Logo 的设计,更应遵循 CIS 的整体规律并有所突破。

(六)网络 Logo 的表现形式

作为具有传媒特性的 Logo,为了在最有效的空间内实现所有的视觉识别功能,一般是通过特示图案及特示文字的组合,达到对被标识体的出示、说明、沟通、交流从而引导受众的兴趣、达到增强美誉、记忆等目的。表现形式的组合方式一般分为图案、特示字体、合成字体。

1. 图案

图案属于表象符号,独特、醒目,通过隐喻、联想、概括、抽象等绘画表现方法表现被标识体,对其理念的表达概括而形象,但与被标识体关联性不够直接,受众容易记忆图案本身,但对被标识体的关系认知需要相对较曲折的过程,但一旦建立联系,印象较深刻,对被标识体记忆相对持久。

所以对持久记忆要求高时应设计良好的特示图案形象,较好的设计如苹果公司的牙印苹果,对图案 Logo 的面向推广的各种要素都把握的恰到好处,另外一些情况下,希望在较短期限内树立形象的,还应该设计相应的吉祥物,以类似苹果这样耳熟能详的概念,强化沟通和理解。

在现代精神快餐的时代,朗讯的红圈也在成为时尚。不过这类设计在国内还只有设计公司的网站才能接收,有线电视的一个最新的影视综艺节目的 Logo 就出现了螺旋形的朗讯红圈,可叹借鉴时大胆有余,创意不足了。

2. 特示文字

特示文字属于表意符号。在沟通与传播活动中,反复使用的被标识体的名称或是其产品名,用一种文字形态加以统一。含义明确、直接,与被标识体的联系密切,易于被理解、认知,对所表达的理念也具有说明的作用,但因为文字本身的相似性易模糊受众对标识本身的记忆,从而对被标识体的长久记忆发生弱化。

所以特示文字,一般作为特示图案的补充,要求选择的字体应与整体风格一致,应尽可能做全新的区别性创作。

完整的 Logo 设计,尤其是有中国特色的 Logo 设计,在国际化的要求下,一般都应考虑至少有中英文双语的形式,要考虑中英文字的比例、搭配,一般要有图案中文、图案英文、图案中英文及单独的图案、中英文的组合形式。有的还要考虑繁体、其他特定语言版本等。另外还要兼顾标识或文字展开后的应用是否美观,这一点对背景等的制作十分必要,有利于追求符号扩张的效果。

闪客帝国及其前身的边城浪子 Logo,都有着极好的设计,但都没有考虑中文,不过边城浪子好像一直对汉字的表现力如极小字体的缺乏、特性字体缺少等颇不以为然,也许导致他怠于思考对中文的设计。这对面向国内网友的网站 Logo,不能不说是一种遗憾。

3. 合成文字

合成文字是一种表象表意的综合,指文字与图案结合的设计,兼具文字与图案的属性,但都导致相关属性的影响力相对弱化,为了不同的对象取向,制作偏图案或偏文字的 Logo,会在表达时产生较大的差异。如只对印刷字体做简单修饰,或把文字变成一种装饰造型让大家去猜。其功能有两种。

(1)能够直接将被标识体的印象,通过文字造型让读者理解。

(2)造型后的文字较易于使观者留下深刻印象与记忆。

(七)网络 Logo 的设计

1. Logo 的设计原则

与其他标志图案设计原则一样:遵循人们的认识规律,突出主题、引人注目。所谓认识规律,比如从上到下,从左到右,从小到大,从远到近的视觉习惯;比如由前因推理到后果,有源头才有流水的思维习惯;还有人们的审美能力和审美心理等。要做到突出主题,就要求设计者非常了解站点的定位和发展方向,能够在方寸之间概括出站点的理念。引人注目是指视觉效果要强烈、容易识别、辨认和记忆。

Logo 的设计手法主要有以下几种:

①表象性手法;②表征性手法;③借喻性手法;④标识性手法;⑤卡通化手法;⑥几何形构成手法;⑦渐变推移手法。其中标识性手法、卡通化手法和几何形构成法是最常用的网站 Logo 设计手法。标识性手法是用标志、文字、字头字母的表音符号来设计 Logo;卡通化手法通过夸张、幽默的卡通图像来设计 Logo;几何形构成法是用点、线、面、方、圆、多边形或三维空间等几何图形来设计 Logo。当然,设计时往往是以一种手法为主,几种手法交错使用。

2. Logo 设计方法

古代皇家的纹章,有条件通过反复的识别性展示使受众了解其蕴涵的身份、地位、等级等属性,可以被设计的极尽繁复,但现代人对简洁、明快、流畅、瞬间印象的诉求,影响到标识的设计越来越追求一种独特的、高度的洗练,一些已在用户群中产生了一定印象的公司、团体为了强化受众的区别性记忆及持续的品牌忠诚,通过设计更独特、更易被理解的图案来强化对既有理念的认同。一些老牌公司就在积极更新标识,可口可乐的标识就曾几易其稿。

而一些追求受众快速认知的群体,就会强化对文字表达直接性的需求,通过采用文字特征明显的合成文字来表现,并通过现代媒体的大量反复来强化、保持易被模糊的记忆。如 Intel 的 E 字简单位移构成的 Logo 形式。

网络 Logo 的设计中,大量地采用合成文字的设计方式,文字 Logo 和国内几乎所有 ISP,一方面是受网页寸屏寸金的制约,要求 Logo 的尺寸要尽可能小;另一方面是由于这些网站建设之初,一般缺乏优秀的形象设计师参与,决策者多数为技术类人员,对直截了当、简洁明快有种直觉式的追求;而最主要的是网络的特性决定了仅对 Logo 产生短暂清晰的记忆,通过低成本大量反复浏览,即可产生需要图形保持提升的那部分印象记忆。所以对于合成文字的追求已渐成网络 Logo 的一种事实规范。

随着管理人员、设计人员、策划人员的介入,更加高效的 Logo 设计亦得到良好的探索。特别是一些设计网站对 Logo 设计做了很多有意义的尝试。如针对网站 Logo 的数字特性探索(3D、动态表现方式等),其中比较共识的做法是,为保护 Logo 作为整体形象的代表,只宜于在 Logo 整体不做缺损性变形的条件下做动态变化,即只成比例放大、缩小、移动等,而不宜做翻滚、倾斜等变化,以保证对被标识体的严肃性的尊重。

3.Logo 的设计技巧

保持视觉平衡、讲究线条的流畅,使整体形状美观;用反差、对比或边框等强调主题;选择恰当的字体;注意留白,给人想象的空间;运用色彩。因为人们对色彩的反应比对形状的反应更为敏锐和直接,更能激发情感。基色要相对稳定、强调色彩的形式感,比如重色块、线条的组合、强调色彩的记忆感和感情规律:比如橙红给人温暖、热烈感;蓝色、紫色、绿色使人凉爽、沉静;茶色、熟褐色令人联想到浓郁的香味(比如快餐)、合理使用色彩的对比关系,色彩的对比能产生强烈的视觉效果,而色彩的调和则构成空间层次。重视色彩的注目性:下面附表分别列出了注目程度高和注目程度低的情况,设计时可以参照使用。

4.Logo 的设计工具

凡是图像设计和处理方面的软件几乎都可以用来设计 Logo,这里推荐几款经典的设计工具:平面静态图:Photoshop/Illustrator/CorelDraw/Painter;Gif 动画图:Ulead GIF Animator/Photo Animator;Flash 动画:Flash CS4。

5.创作

(1)外观

外观尺寸和基本色调要根据站点页面的整体版面设计来确定,而且要考虑到在其他印刷、制作过程中进行放缩等处理时的效果变化,以便 Logo 能在各种媒体上保持相对稳定。

(2)简单的法则

简单容易被接受,简单给人们想象,简单提高效率,简单就是美。

(3)一切创作来源于生活

生活是一切艺术的源泉,热爱生活并从中发现创作的切入点。

(4)Logo 经典案例

① 新浪网的 Logo 底色为白,文字 sina 和新浪网是黑色,其中 i 字母上的点用了表象性手法处理成一只眼睛,而这又使整个字母 i 像一个小火炬,这样,既向人们传达了"世界在你眼中"的理念,激发人们对网络世界的好奇,又使人们容易记住新浪网的域名。

② 搜狐网的 Logo 比较特别,主要有两部分组成,一是文字,中英文名称,字体选择较古典;一是小狐狸图,机灵狡猾的样子。搜狐网站随各个页面的色调不同而放置不同色彩的 Logo,但 Logo 的基本内容不变。当然,你不会不知道搜狐的理念:出门找地图,上网找搜狐。但愿那只机灵的狐狸能帮你走出网络丛林。

③ Yahoo 的 Logo(中文站)很简单:英中文站名,红字白底。英文 Yahoo 字母间的

排列和组合很讲究动态效果,加上 Yahoo 这个词的音感强,使人一见就仿佛要心生惊讶。不禁自问:Do you Yahoo?

④ 网易的 Logo 使用了三色:红(网易)、黑(NETEASEwww.163.com)、白(底色)。网易两字用了篆书,体现了古典意味,也许在暗示网易在中文网络的元老地位吧。但是,如果没有从个人主页到虚拟社区,从新闻报道到专题频道等丰富方便的服务,光是从 Logo 上,你是难以相信:轻松上网,易如反掌。

(八)网络 Logo 的规范

设计 Logo 时,面向应用的各种条件作出相应规范,对指导网站的整体建设有着极现实的意义。具体须规范 Logo 的标准色、设计可能被应用的恰当的背景配色体系、反白、在清晰表现 Logo 的前提下制订 Logo 最小的显示尺寸,为 Logo 制订一些特定条件下的配色,辅助色带等。另外应注意文字与图案边缘应清晰,字与图案不宜相交叠。另外还可考虑 Logo 竖排效果,考虑作为背景时的排列方式等。

一个网络 Logo 不应只考虑在设计师高分辨屏幕上的显示效果,应该考虑到网站整体发展到一个高度时相应推广活动所要求的效果,使其在应用于各种媒体时,也能发挥充分的视觉效果;同时应使用能够给予多数观众好感的受欢迎的造型。

所以应考虑到 Logo 在传真、报纸、杂志等纸介质上的单色效果、反白效果、在织物上的纺织效果、在车体上的油漆效果、制作徽章时的金属效果、墙面立体的造型效果等。

8848 网站的 Logo 就因为忽略了字体与背景的合理搭配,圈住 4 字的圈成了 8 的背景,使其在网上彩色下能辨认的标识在报纸上做广告时糊涂一片,这样的设计与其努力上市的定位相去甚远。

比较简单的办法之一是把标识处理成黑白,能正确良好表达 Logo 含义的即为合格。当今信息技术迅猛发展,尤其是 PC 和网络的普及,上网已经成为我们新的生活方式。在网络空间里,网站是我们发布和获得知识与信息的基地,网站是个人、企业和政府机关在网络空间的形象和存在。因此,网站的制作和发布成为这个时代的热门技术。无论是为了工作还是因为兴趣,也无论是机构还是个人,对网站设计的要求也是越来越讲究。作为一个网页设计的爱好者,下面我就网站 Logo 的设计原则、设计手法、设计技巧、设计工具等谈谈个人的看法,另外还对几个经典站点的 Logo 进行了简单分析,希望对设计人员有所帮助。

Logo 译为标志、厂标、标志图等,顾名思义,站点的 Logo,就是站点的标志图案,它一般会出现在站点的每一个页面上,是网站给人的第一印象。Logo 的作用很多,最重要的就是表达网站的理念、便于人们识别,广泛用于站点的连接、宣传等,有些类似企业的商标。因而,Logo 设计追求的是:以简洁的符号化的视觉艺术形象把网站的形象和理念长留于人们心中。

(九)Logo 制作实例

图 1-13～图 1-20 是我校 2008 级、2009 级电子商务专业策划岗位的几个同学制作的 Logo 实例。

图 1-13　Logo 实例 1

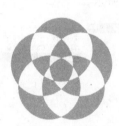

图 1-14　Logo 实例 2

图 1-15　Logo 实例 3

图 1-16　Logo 实例 4

图 1-17　Logo 实例 5

图 1-18　Logo 实例 6

图 1-19　Logo 实例 7

图 1-20　Logo 实例 8

1. Logo 制作方法 1

① 新建 AI 文件："基本 RGB"文档，并保存为"财贸网上商城 Logo.ai"。

② 用 ⬭ 椭圆工具 (L) 在空白位置按住 Shift 键绘制大小合适的圆并填色（财贸绿），并添加投影效果。如图 1-21 所示。

③ 从百度图片上搜索骆驼，找到合适的图片，使用 Photoshop 的 ▪ 仿制图章工具 S 将多余部分涂白。如图 1-22、图 1-23 所示。

图 1-21　画圆　　　　　　图 1-22　原图　　　　　　图 1-23　PS 后

使用 Photoshop 创建工作路径，并导出，如图 1-24 和图 1-25 所示。

图 1-24　创建路径　　　　　　　　　　图 1-25　导出路径

④ 将导出的 AI 文件打开，选中路径，复制粘贴到"财贸网上商城 Logo.ai"中，填色（土黄），放置在适当位置。如图 1-26、图 1-27 所示。

⑤ 使用画笔工具画出两座山，填色（浅蓝），放置在图中适当位置。如图 1-28 所示。

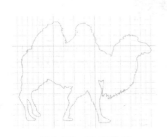  

图 1-26　骆驼路径　　图 1-27　将路径放置到圆中适当位置　　图 1-28　用画笔工具画山

⑥ 使用 ✎ 钢笔工具 制作艺术字"商"，填色（红），并添加投影，放置在适当位置。如图 1-29 和图 1-30 所示。

⑦ 将开始绘制的圆形缩放到 75%，复制。使用 ✎ 路径文字工具，写上："CAIMAO ONLINE MAIL"，选择字体 ✓ ⟋ Courier New ，大小 60pt，颜色：蓝，添加投影，旋转到适当位置。如图 1-31 所示。

图 1-29　钢笔工具
画"商"

图 1-30　放置在适当位置

图 1-31　添加文字"CAIMAO
ONLINE MALL"

同理将开始绘制的圆形缩放到 70%，复制。使用 路径文字工具，写上："财贸网上商城"，选择字体仿宋_GB2312，大小 55pt，颜色：蓝，添加路径文字选项：翻转，添加投影，旋转到适当位置。如图 1-32 所示。

⑧ 使用 T 文字工具，分别写"C""F"，字体 Adobe 宋体 Std L，创建轮廓，填色：绿，添加投影，不透明度设置为 60%，放置在适当位置。如图 1-33 所示。

图 1-32　添加文字"财贸网上商城"

图 1-33　添加财贸标志"C"、"F"

⑨ 财贸网上商城 Logo 制作完成。

2．Logo 的制作 2

（1）制作房顶

房顶的效果如图 1-34 所示。

① 使用圆角矩形工具，拖出一个圆角矩形，填色为棕色。

② 使用选择工具。

③ 按住 Alt 键拖住刚才画的圆角矩形。

④ 将两个圆角矩形旋转至适当的角度。

⑤ 将两个矩形选中编组。

（2）制作墙

墙的效果如图 1-35 所示。

① 方法同制作房顶做出两个矩形，填色为红。

② 将两个矩形调整位置及大小，然后编组。

③ 制作投影效果

（3）字母

要将几个英文字母（见图 1-36 和图 1-37）分别制作。

① 选择文字工具，输入字母。

② 在文字栏中选择创建轮廓，使其成为图片。

③ 使用直接选择工具，拖拽锚点，可以制作出想要的图形。

图 1-34 房顶

图 1-35 墙

图 1-36 字母 house

（4）围栏（见图 1-38）

和前面房顶和墙的做法一致，将中间横穿的矩形置于底层再编组，制作出围栏的效果。

（5）太阳（见图 1-39）

① 用多边形工具将边数改为三，画出三角形。

图 1-37 字母 e

图 1-38 围栏

图 1-39 太阳

② 按住 Alt 键将三角形复制出 8 个，使用旋转工具旋转到适当位置。

③ 移动这 8 个三角形使其围成一圈。

④ 将刚才做出的字母"e"放在 8 个三角形的中间。

（6）窗户（见图 1-40）

结合钢笔工具、矩形工具和直接选择工具等，绘画及拖拽，方法与上述相似。

（7）将上面制作的所有内容放到一起，如图 1-41 所示。

图 1-40 窗户

图 1-41 e-house 店铺 Logo 制作完成

任务 3　促销活动策划

（一）上传各种规格的产品信息及图片的要求规范

① 商品描述：填写商品描述时须写明品牌、型号、属性等，之间用全角"；"隔开，如"联想；XP100；掌上电脑"此项内容为方便顾客查找相关产品。

② 生产厂商：填写该产品生产厂商的全称。

③ 产品介绍：摄影、通信器材类一般情况分产品主要功能、产品性能特点和技术规格三部分；如，摄像机的"有效像素、光学变焦、闪光模式"等详细技术参数；计算机类一般情况分产品及品牌介绍、产品特色、技术规格等。

（二）推广促销管理

① 登录。双击 IE 浏览器，在地址栏中输入：http：//shopadmin. cai-mao. com，店铺域名中输入 teacher，密码 666555，单击登录按钮，如图 1-42 所示。

图 1-42　登录财贸商城后台

② 进入推广促销管理模块。进入店铺管理系统后，单击推广促销管理模块，如图 1-43 所示。

图 1-44 是推广促销管理模块的放大图，分别单击下面三个选项，便可分别编辑促销公告、首页商品推荐和友情链接下一级内容。

③ 促销公告。需要填写界面中的"公告内容"、"链接地址"（选择相应的"链接类型"），"优先级"后单击添加按钮，该公告将显示在店铺页面中的"促销公告"栏目中。如图 1-45 所示。

图 1-43　进入推广促销管理模块

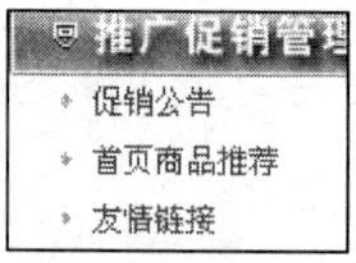

图 1-44　推广促销管理模块的放大图

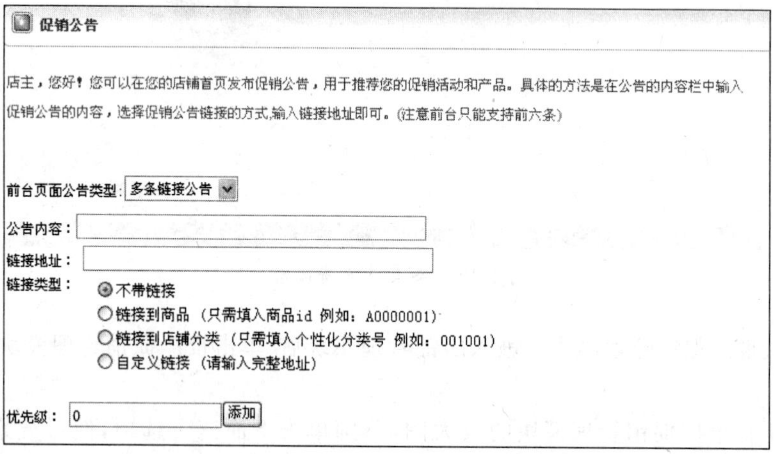

图 1-45　促销公告

如果需要删除某一条公告可单击公告后的"删除",如图 1-46 所示。

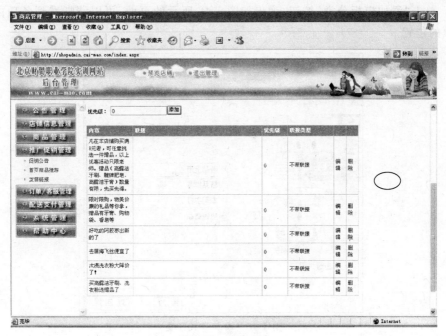

图 1-46 删除公告

疑问与解答

问："链接类型"是什么意思？

答：当选择的"链接类型"为"商品"时，需要将一个与公告相关的商品编号填写在"链接地址"框中，当顾客单击您所添加的公告时，将自动转向该商品编号的商品，如果选择了"分类"，您需要将一个与公告相关的商品"个性化分类"填写在"链接地址"框中，当顾客单击您所添加的公告时，将自动转向属于该"个性化分类"商品的列表页。

④ 首页商品推荐。选择首页商品推荐选项后弹出如图 1-47 所示页面。

图 1-47 首页商品推荐

a. 单击"添加模板分类"按钮,弹出如图 1-48 所示的页面,可以清晰看到各项内容对应网页的位置。

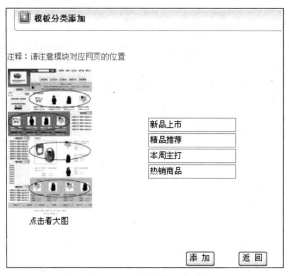

图 1-48　添加模版分类

b. 单击"添加商品"按钮,弹出如下页面,在进入该界面后,在"商品名称"中填写您所要挑选的商品名称(匹配),选择商品的分类,按"搜索",您搜索到满意的商品后,可以通过按"商品列表"中每条商品信息中的"添加"按钮来逐条将商品挑选到该"页面推荐分类"中,如果您想一次添加多条商品,请按每条商品信息中的"选择"复选框,然后单击"批量添加"按钮实现将多条商品挑选到"页面推荐分类"中,如果您想一次选择本页的所有商品,请您单击"全部选择"复选框,在"页面推荐分类"中删除已经挑选的商品,如图 1-49 所示。

图 1-49　商品推荐管理

⑤ 友情链接。首先填写链接名称和链接地址,然后单击添加,如图 1-50 所示。

图 1-50　添加友情链接

任务4　新产品上架

（一）登录店铺管理系统

双击 IE 浏览器,在地址栏中输入:http://shopadmin.cai-mao.com,店铺域名中输入 teacher,密码 666555,单击登录按钮,如下图 1-42 所示。

（二）查看公告信息

通过公告信息的管理可清晰鉴别网店的状态,了解网店的域名,网店的编号及网店的各种性质,如图 1-51 所示。

图 1-51　查看公告信息

单击"详细"可查看每一条公告的详细信息。

（三）店铺信息管理

进入店铺信息管理模块，对店主信息、店铺信息、欢迎信息、关于本店、店铺模板进行编辑，如图 1-52 所示。

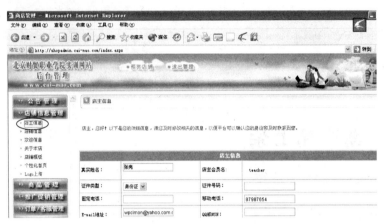

图 1-52　店铺信息管理

① 店主信息。单击"店主信息"在栏目中编辑相应的内容。填写店主的信息后单击"修改"保存。如图 1-53 所示。

图 1-53　修改店主信息

② 欢迎信息。填写欢迎信息后单击"修改"保存，此信息将显示在店铺页面中的"欢迎信息"栏目中，如果您想先看看您所编辑的效果，请单击"预览"按钮。如图 1-54 所示。

③ 关于本店　填写关于本店信息后单击"修改"按钮保存，此信息将显示在店铺页面中的"关于本店"页面中，如果您想先看看您所编辑的效果，请单击"预览"按钮。如图 1-55 所示。

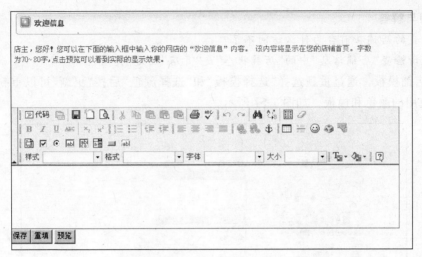

图 1-54 编辑、修改欢迎信息

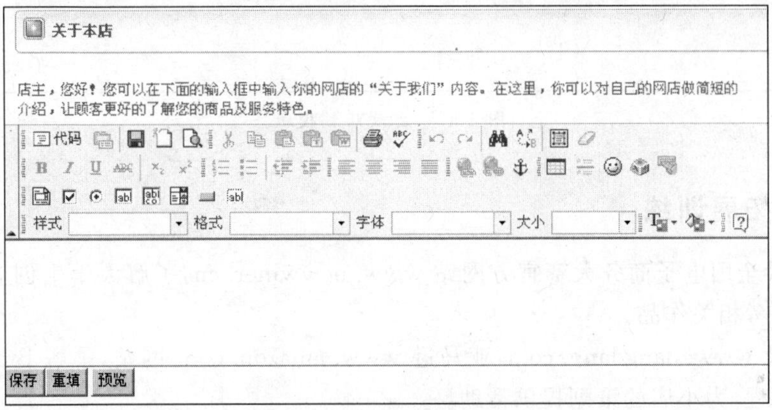

图 1-55 编辑、修改"关于本店"

④ 店铺信息。填写完店铺信息单击"修改"按钮保存。如图 1-56 所示。

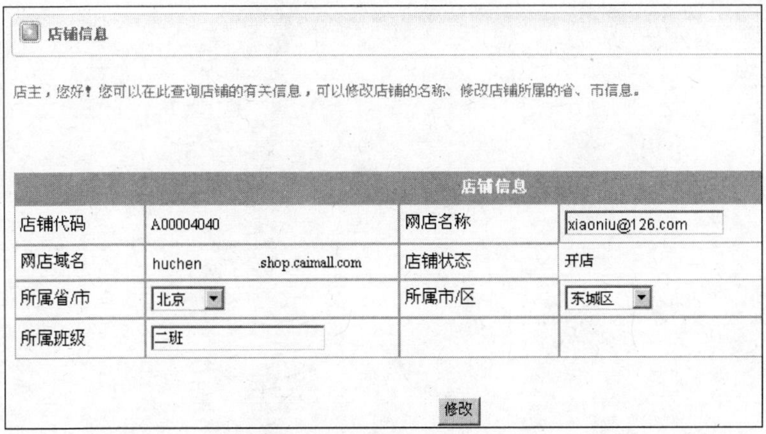

图 1-56 编辑、修改店铺信息

疑问与解答

问：我的店铺在前台为什么访问不了？

答：请检查"店铺信息"中的"店铺状态"是"开店"还是"关店"。

⑤ 店铺模板。通过重新选择"选择模板"和"选择颜色"后按"更新"可以重新定义自己店铺使用的颜色和模板。如图 1-57 所示。

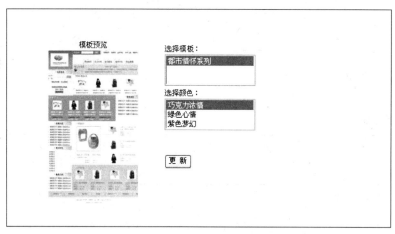

图 1-57　更改店铺模板

（四）拓展训练

1. 登录全国电子商务大赛官方网站 www.newwiner.cn，了解大学生创业方案制作的要求并参考相关作品。

2. 登录 www.dangdang.com，亚马逊 www.amazon.com 网站，了解 BtoC 销售、配送模式和流程，为小店的策划提供帮助。

3. 登录本平台或 www.taobao.com 网站，参考他人小店的策划和设计。

实训二
内容编辑岗位

▲ 实训目标

    根据自己搭建的网站经销的商品种类来确定网页的风格和内容。无论什么风格和经营内容的网站，网页都必须按照专业商务网站的要求制作，网页要简练、规范、精美，文字大小合适，色彩和谐；网站的 Logo 和 Banner 要自己制作，且与网站的名称和内容相吻合；内容集中，功能齐全；首页中要有会员用户登录和注册的表单，而且切实能发挥作用。准备素材，制作网站的 Logo 和 Banner 图片或动画，搜集其他素材。发布的各类信息确保真实、及时。图片及页面的制作避免抄袭和侵权。注意页面的美化和链接速度及准确性。及时上架新品、下架过时过季商品，对供应商调价的商品及时更新价格。

▲ 实训任务

    14 课时

任务 1　商品拍照和编辑

（一）拍照

① 选择商品。选择策划部制定的商品，整理归类后等待拍照。

② 图片规格。用数码相机拍照，将照片输入到学生机中。图片分为大中小三种规格，小图标准：宽 100 像素×高 100 像素；中图标准：宽 200×高 200 像素；大图标准：宽 400×高 400 像素（视图片清晰度可适当调整尺寸大小）；另外还有产品多角度的更多图片显示，按大图的标准定尺寸。

（二）待拍摄产品的分类整理

首先按照网店经营分类的设置将所有产品分类整理完毕。每一类商品再按商品名称、规格分出每一组样式。只要包装不同，同一组样式也要区分。最后每一组一般准备 2 份以上商品，以备其中一份拆包拍摄。

（三）拍摄步骤

需要拍摄的商品主要是带包装的农产品，本次任务以罐装小核桃为例。根据商品特点，选择拍摄环境为室内景物拍摄。选择背景为暗色背景，主要便于突出主题以及便于利用 Photoshop 等图像处理软件进行图片处理。选择搭配为瓷碗器，主要用于盛放拆包商品。因为拍摄主要为食品，往往需要展示包装内该食品的特征。选择灯光为室内拍摄的摄影灯。最后记录所有拍摄商品的拍摄顺序，便于记录归档同时以免漏拍。

1. 准备拍摄商品的环境

（1）拍摄静物物台的准备

本次拍摄主体为小件商品，因此选用拍摄静物台的底板拍摄，如图 2-1 所示。静物台选择背部可调节完全度，底板保持水平即可。在静物台上覆盖白色植物无纺背景布，可用夹子固定。

（2）拍摄灯光的准备

拍摄灯光选择为瞬间照明（及闪光照明）影室灯，在灯泡外套装柔光箱（见图 2-2），使发出的光源更加柔和，拍摄时能消除照片上的光斑和阴影。瞬间照明影室灯需要与相机的闪光同步，需要使用闪光灯同步触发器相连，如图 2-3 所示。

图 2-1　拍摄静物台

图 2-2　柔光箱套装

图 2-3　闪光灯同步触发器

　　闪光灯同步触发器由信号发射触发器和接收触发器两部分组成。其中发射触发器通过热靴相连,如图 2-4 所示。闪光灯同步触发器由信号发射触发器和接受触发器两部分组成,其中发射触发器的热靴插座与相机闪光灯上方的打开的打开的盖板的热靴相连。从影室灯体上拔下 AC 电源插头将其插入接收器的 AC 输入插孔,接收触发器的电源输出插头插入影室灯体的电源输入插孔。将接受触发器的电源书橱插头插入影室的控制插孔(同步线插孔)。当接通 AC 电源后,接收器的 DC 电源指示灯应点亮为绿色,如图 2-5 所示。同时如果同步触发器有频段选择,需要将发射触发器和接收触发器都调至同一频段。这样影室灯的瞬间照明就能和相机的闪光灯同步,影室灯之间一般可通过感光实现同步。由于拍摄商品为排放在静物台底板上的小件商品,一般可由简单的两灯摆放来进行拍摄灯光布局。两灯布局的射光角度一般大致可预先设置为 45°和 120°或者 60°和 135°。具体摆放最佳位置则须在具体拍摄中反复测试,直至得到最为满意的效果。

图 2-4　连接触发器的影室灯

图 2-5　连有接受触发器的影室灯

　　(3) 拍摄相机的准备

　　准备一台带有手动调节功能(即有 M 模式),可调节白平衡的相机。为了获得更好资感的画面最好是使用 DSLR(Digital Single Lens Reflex 数码单镜头反光)相机。如果使用的是 DSLR 相机,在拍摄本次室内普通商品任务时,镜头选择一般在 50mm 以下,或者使用套机镜头即可。相机可安放在一台能保持稳定水平的带多转向调节功能的三脚架上来保持拍摄时的稳定,如图 2-6 所示。

　　最后完成一个室内拍摄商品的环境,如图 2-7 所示。

图 2-6　多转向调节功能的三脚架

图 2-7　室内两灯拍摄环境布置

2. 拍摄商品图片

① 开启相机和室影灯电源,将同步触发器启动。

② 调整相机白平衡(WB),本次任务在室内除使用闪光灯照明,不使用其余人工光源,可将白平衡调节至闪光灯白平衡。调整相机光圈和快门进行测试拍摄。将相机拍摄式转盘拨至 M 手动模式,然后手动调整快门和快门值。在本次任务中使用和相机同步的瞬间照明的室影灯照明,由于瞬间照明的同步要求快门值不能快于 1/125 秒,那么相机的快门值一般在 90~125,由于本次任务中两支影室灯功率均为 300 W,光圈值一般也均设在 F9.0 以上的小光圈。通过不同光圈快门组合调整亮度,观察不同的测试摄影效果,同时微调影室灯的位置来获得满意的效果。

通过取景框进行构图对焦测试拍摄。半按快门,进行相机对焦,若相机可调节对焦点则通过控制键调节对焦点,进行拍摄主体构图。若不能则采用对焦后平移相机,进行构图。若要清晰展现商品上的说明文字则将对焦点对准文字区域,其余小件商品对焦点可选水平略下一点,具体视商品大小摆放位置而定。

正式拍摄,测试拍摄获得满意效果后可进行正式拍摄。按拍摄计划所定顺序进行拍摄,同一件商品,由于网店不同需要展示拆包装后的实际商品以及"QS"认证、商品规格、生产日期、保质期、厂家信息,如果有特殊认证也可以加以特写来增加消费者购买信心。

(四) 参数分析

一张好的商品图片:图片明亮,曝光恰当,背景单纯,光源单一;商品占画面比率要适中,突出主体;使用道具搭配拍摄时,注意和产品的主次分明,不可喧宾夺主;背景底色和商品主体色调相互协调;商品位置摆放合理,符合日常观看商品的习惯视角。

用于电子商务的商品图片拍摄,往往需要都角度图片区展示一样商品,以弥补无法如现实所示的缺陷。例如图 2-8 所示的黄色仿女包多角度展示图,拍摄图片主要表现了包的正面(略斜,体现立体感)、拎手部位、内里、底部的流钉等主要特征。恰当的光线也很好体现了该商品的质感和色泽。

图 2-8 黄色仿女包多角度展示图

室内拍摄与室外拍摄。网店商品拍摄一般采用室内拍摄。现阶段为了获得更为生动效果的图片，服装类、手包类商品，特别是面向女性的往往会增加室外模特的展示放在商品描述页面中来增加效果。室外拍摄往往需要更多的辅助设备以及拍摄助手，类似于我们常见的婚纱艺术摄影中的外景拍摄。基本上需要反光板、手持闪光灯补光灯设备。室外拍摄时还受到日光条件、时间、室外背景，以及换服装化妆等场地限制。室外拍摄时室内拍摄的补充，除了通过模特展示该商品的效果和大小外，如图 2-9 所示的女包室外拍摄通过模特展示了该女包的三种使用方式。

图 2-9　室外拍摄作为室内拍摄的补充

1. 闪光灯

关于闪光灯性能，除了每秒瓦特外，重要的还有闪光灯指数，用"GN"表示。闪光灯指数有两种作用；一是表示闪光灯功率的大小，GN 的数值越大，表示功率越大，二是当采用手动方式闪光灯拍摄时，供计算，确定闪光灯曝光的光圈大小，基本公式是：闪光指数/拍摄距离＝光圈系数。

好的闪光灯应该是输出稳定并可调、色温标准（一般为 5500K 左右，与日光相同）、回电速度快、可转向、可改变光照范围等。回电速度是指一次放电后再次充电所需要的时间。色温是指光的温度，用 K（开尔文）表示，一般正午 10 点至下午 2 点，晴朗无云的天空，在没有太阳直射光的情况下，标准日光大约在 5200～5500K，最接近白色也是室外拍摄最佳时间。色温越高越偏向蓝色，色温越低越偏向红色。常见色温列表如表 2-1 所示。

表 2-1　常见色温

光　　源	色　　温	光　　源	色　　温
北方晴空	8000～8500K	高压汞灯	3450～3750K
阴天	6500～7500K	暖色荧光灯	2500～3000K
夏日正午阳光	5500K	卤素灯	3000K
金属卤化物灯	4000～4600K	钨丝灯	2700K
下午日灯	4000K	高压钠灯	1950～2250K
冷色荧光灯	4000～5000K	蜡烛光	2000K

2. 常亮灯

在室内用瞬间照明影室灯时，具备两个 45W 左右亮度即可进行小件商品拍摄，一般采用两个 150～200W 的影室灯来提供充足光线照明,对于需要拍摄物体较大,如常见服饰照明则需 200～400W 的影室灯。更大的物体,如利用模特拍摄,则需要用 400～1200W 才能获得效果较好的商品图片。

持续照明常用的是采用荧光灯、卤素、钨灯等。持续照明可以持续稳定的提供补充光源。其中荧光灯照明则是在日常生活中使用最普遍的照明,在简易照明环境中诚采用三波长的节能荧光灯进行照明,费用便宜,使用寿命长,不足在于一般光线不够充足,需要多联式节能灯组合。另外就是常用荧光灯波长呈现非白色,会对商品成像颜色产生影响出现色差。钨灯和卤素灯的色差更为明显,常用于一些特殊色调风格的图片拍摄。

3. 镜头

商品拍摄的镜头选择,最常用于商品拍摄的 DSLR 相机是可以更换镜头的。常用于室内拍摄的镜头一般为 18～55mm,基本可以满足室内商品拍摄。室内拍摄需要确保景深。但室内拍摄时,需要避免使用超广角镜头,焦距基本在 15～20mm。超广角镜头往往会使商品画面表现扭曲。室外拍摄,一般选择光圈较大的镜头,保证明亮度。室外拍摄往往是拍摄模特,表现模特的全身照,特写往往采用焦距 85～135mm 的人像镜头。

4. 景深

景深是景物的深度。也指拍摄主体的聚焦范围,聚焦点清晰范围较广,则为景深深;聚焦点清晰范围较窄,则为景深浅,是为了表现主题突出,背景虚化。景深的大小除了和被拍摄物体的距离有关外,还和光圈的大小有关。光圈越大,成像图片的景深越浅,光圈越小,成像图片的景深越深。特别对小件商品室内拍摄时,往往采用小光圈,深景深能更好地表现商品细节。而有时为了衬托商品主体,对比虚化背景则采用大光圈,浅景深。

5. 白平衡

白平衡就是白色的平衡。也就是让白色所成的图像依然为白色,如果白色成像不变,那图像上其他的影响就会接近人眼的色彩视觉习惯。调整白平衡的过程叫做白平衡调整。之所以产生白色成像部位白色的偏差,就是由于不同色温光源照射到物体上,对相机成像产生的影响。

6. 光圈

光圈通常是在镜头内用来控制光线透过镜头,进入机身感光件光量的装置。表示光圈大小用 F 值表示。通过在镜头内部加入多边形或者圆形,并且面积可变的孔状光栅来达到控制镜头通光量,这个装置就叫做光圈。F 后的数值越小,光圈越大。光圈的作用在于决定镜头的进光量,光圈越大,进光量越多;反之,则越小。就是说,在快门不变的情况下,光圈表如图 2-10 所示,其中上一级的进光量刚好是下一级的两倍,例如光圈从 F8 调整到 F5.6,进光量便多一倍,我们也说光圈开大了一级。

7. 快门

快门是镜头前阻挡光线进入的装置,可以控制曝光时间。快门从开启到关闭的时间就是快门速度。一般而言,相机的快门时间可变范围越大越好。快门时间长,进入光线则多,反之则进入光线较小,其余条件同等情况下则成像较暗。快门除了控制光线进入量外,还可以捕捉被拍摄物体运动状态。快门速度很快时。如到 1/3200 秒,可捕捉急速移

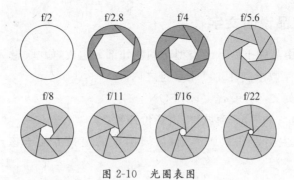

图 2-10 光圈表图

动的目标。反之,用较慢的快门则可以记录物体运动的轨迹,如夜晚的车水马龙。常见照片中丝绢般的流水效果也是用慢速快门拍出来的。

8. ISO 感光度

感光度反映了其感光的速度。ISO 的数值每增加 1 倍。其感光的速度也相应地提高 1 倍。比如 ISO200 的感光度比 ISO100 感光度的感光度的感光速度提高 1 倍。也就是说在同样的曝光时间下,感光度高能比感光度低的增加成像亮度。低 ISO 值会延长相机的曝光时间,但是会让产品拍摄的更加细腻,突出更多细节(适合于商品拍摄)。高 ISO 模式是利用到了存在噪声较大的部分,这些背景噪声反映到图像上就是随机的杂色。因此,当现场光线条件不好时当首先考虑的是补充光源的应用,在无法使用的补充光源时再考虑三脚架的使用和防抖(用来降低快门速度延长曝光时间),最后才考虑提高 ISO 感光度的办法。

图 2-11 是我校 2009 电子商务专业内容编辑岗位同学拍照的实物照片。

图 2-11 同学拍摄的实物照片

（五）编辑商品说明文字

① 名称：主要由品牌＋型号＋类型＋颜色几部分组成，如"联想 XP100 掌上电脑（银白色）"正标题名称字数限制在 100 个字符之内。

② 品牌：含中英文，例"爱普生；EPSON"。

③ 价格：分进价、供货价、商城价、市场价四种。

④ 分类：分为主类别和从属类别，从属类别的定义方便于该产品在更多分类中显示。

任务 2 用 Photoshop 制作、修改各种规格的图片

用数码相机拍照的图片因像素较大往往在操作过程中不能顺利上传，因此需要将它们进一步处理，一为美观，更重要的是将它们处理成为像素较小的图片，易于上传。

（一）制作图片

① 启动 Photoshop 7.0。如图 2-12 所示。

图 2-12 启动 Photoshop 7.0

② 打开文件。打开需要修改的图片文件。在文件菜单中选择"打开"选项，找到需要的文件，单击打开，如图 2-13 所示。

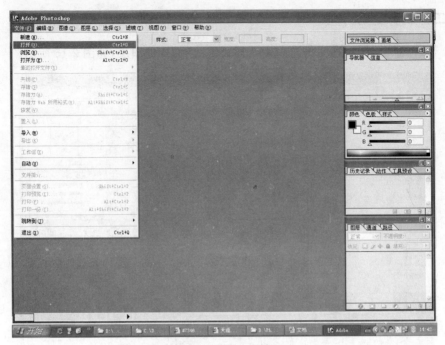

图 2-13 打开文件

③ 切割图片。打开图片界面,单击剪切图标,拖动虚线部分剪裁图片,如图 2-14 所示。

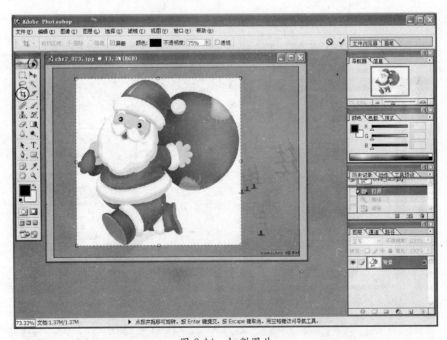

图 2-14 切割图片

（二）制作透明背景

① 新建透明图层。在文件菜单中选择新建选项，新建图层，如图 2-15 所示。

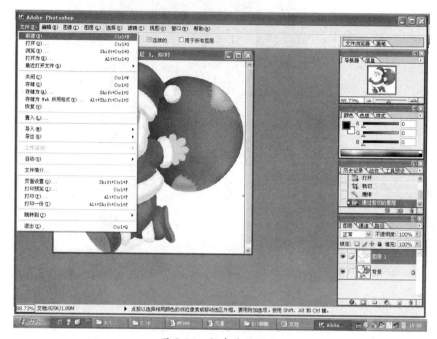

图 2-15　新建透明图层

② 预设画布大小，选择适合的像素并选择透明模式。如图 2-16 所示。

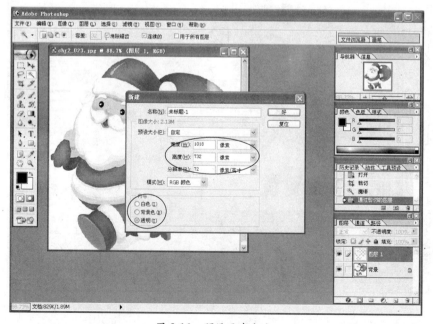

图 2-16　预设画布大小

③ 选择魔棒,单击图片白色部分,选择"反选",将图像拖动到新建的透明图层上,如图 2-17 所示。

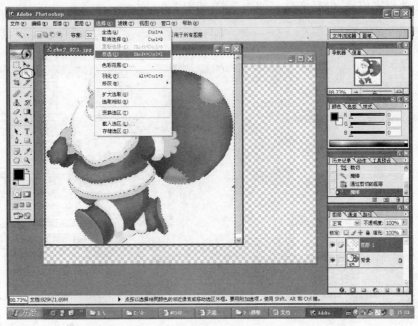

图 2-17　将图像拖动到新建的透明图层上

④ 修整图像。在图像菜单中,选择"修整"选项,处理图像大小,如图 2-18 所示。

图 2-18　修整图像

（三）保存图片

图片处理完成后，保存文件。如图 2-19 和图 2-20 所示。

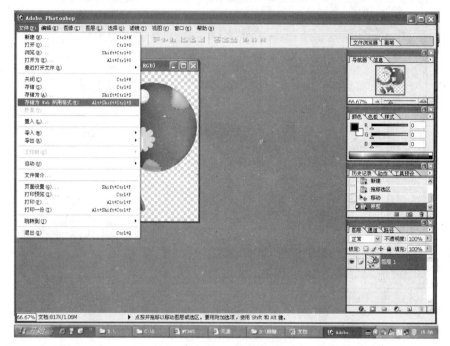

图 2-19　保存文件 1

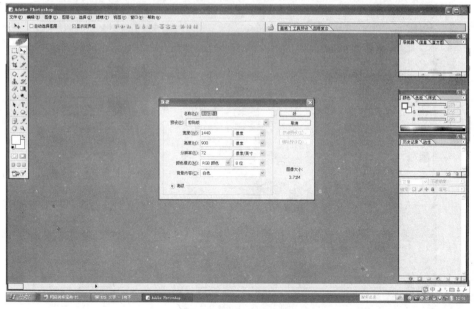

图 2-20　保存文件 2

任务 3　用光影魔术手修改各种图片

为了让图片更加美观,需要简单的处理图片,更重要的是将它们处理成为像素较小的图片,易于上传。

(1) 剪裁图片,如图 2-21～图 2-24 所示。

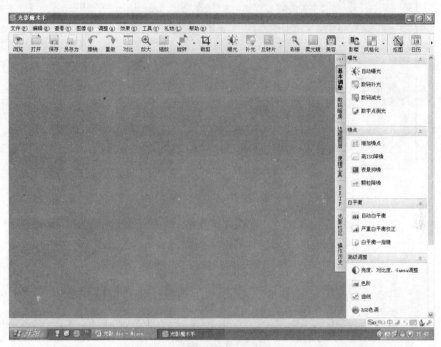

图 2-21　启动"光影魔术手"

图 2-22　打开要裁剪的图

图 2-23 矩形选择工具

图 2-24 对比原图与裁剪后的图

（2）缩放图片，如图 2-25 所示，设置为 500 像素宽，并维持原图片长宽比例。

（3）调整"白平衡"，单击"菜单"的"调整"里的"白平衡一指键"，如图 2-26～图 2-28 所示。

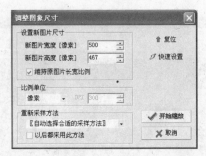

图 2-25 单击"缩放"后弹出的对话框

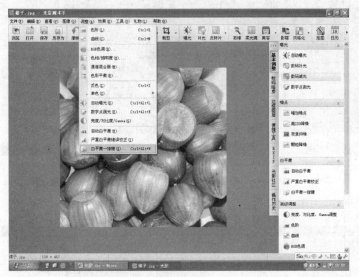

图 2-26 "白平衡一指键"选项

图 2-27 在原图中寻找白色的地方单击

图 2-28 调整完白平衡的效果

（4）明暗调整，如图 2-29 和图 2-30 所示。

图 2-29 单击菜单栏"调整"中的"色阶"选项

图 2-30　拖动三角滑钮,选择明暗度

（5）模糊与锐化调整,如图 2-31～图 2-34 所示。

图 2-31　单击"效果"中的"模糊与锐化"选择需要的效果

图 2-32　单击"精细锐化"调整数量大小

图 2-33　对比原图与"精细锐化"后的图片

图 2-34 单击"工具"选项栏的边框选择

（6）边框设置。

（7）添加文字标签，如图 2-35～图 2-37 所示。

图 2-35 单击菜单栏上"工具"里的"文字标签"选项

图 2-36　按照需要编辑文字、颜色、字体、位置、透明度与背景色

图 2-37　设置完成后单击"确定"

（8）添加水印，如图 2-38～图 2-40 所示。

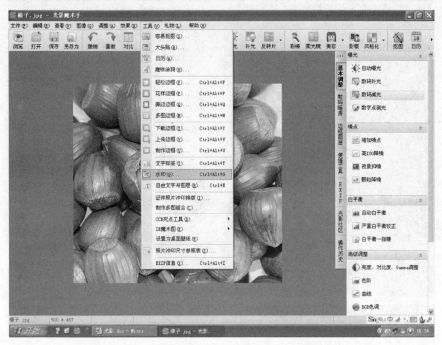

图 2-38　单击菜单栏上"工具"里的"水印"选项

图 2-39　选择水印图片，调整好水印标签

图 2-40　完成效果

（9）保存图片，如图 2-41 和图 2-42 所示。

图 2-41　"保存"添加水印后的图片

图 2-42　或者直接单击"保存"或"另存为"

任务 4　用 Photoshop 制作经典防盗水印

修改好图片后,为了保护图片,让卖家更好的记住,因此需要为他们打上标签进一步美化,我们要学习如何制作水印。图 2-43 为效果图。步骤如图 2-44～图 2-69 所示。

图 2-43　水印效果图

启动 Photoshop，新建一个透明图层，选择"自定形状工具"，如图 2-44 和图 2-45 所示。

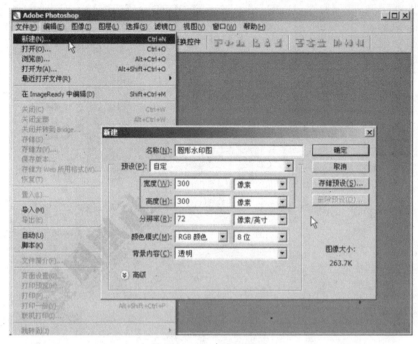

图 2-44　新建透明图层

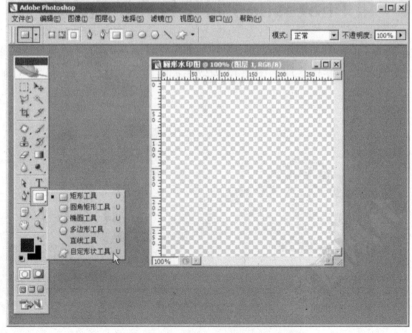

图 2-45　选择"自定形状工具"选项

在"形状"下拉按钮下选择"环形",在"几何形状"中选择"固定大小",设为 200 像素×
200 像素,如图 2-46 和图 2-47 所示。

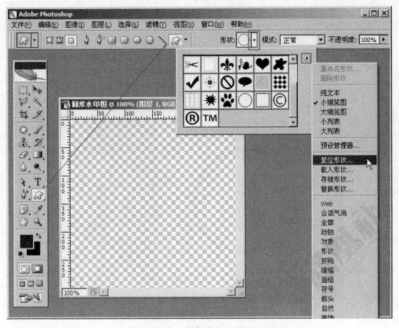

图 2-46 选择"环形"形状

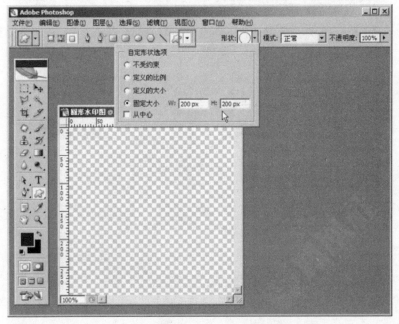

图 2-47 "固定大小"选项下设定大小

出现十字光标时单击，则形成圆环。在"图层"选项下调出图层调板，如图 2-48 和图 2-49 所示。

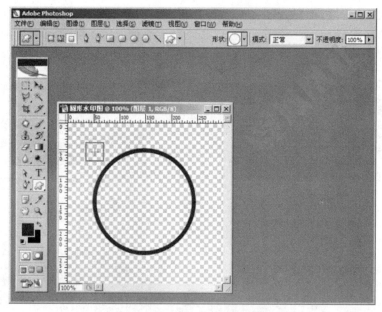

图 2-48　单击生成圆环

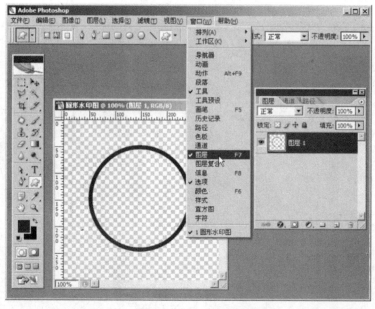

图 2-49　"图层"选项下调出图层调板

选择好图层后，按住不松手就会出现"小手"拖动到图层调板下的新建按钮上，这样就复制了一个重叠在原图层上的环形图层，如图 2-50 所示。

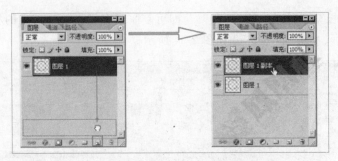

图 2-50　重叠图层

选择"自由变换"选项，出现"变换控制框"，可调节大小，如图 2-51 和图 2-52 所示。

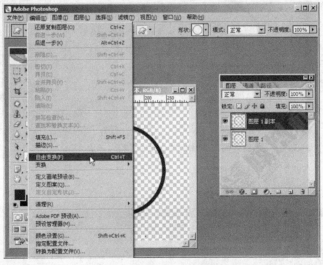

图 2-51　选择"自由变换"选项

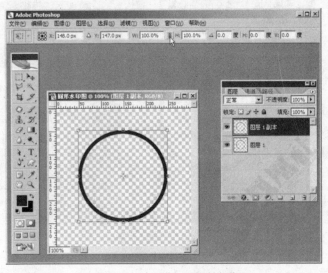

图 2-52　出现"变换控制框"

单击"保持长宽比"按钮,输入"50％",即可复制出直径为外环一半的小环。单击文字工具的"T"可输入文字,如图 2-53 和图 2-54 所示。

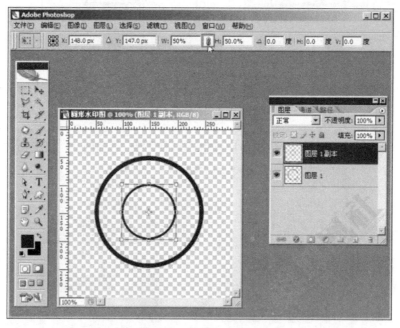

图 2-53　复制出小圆环

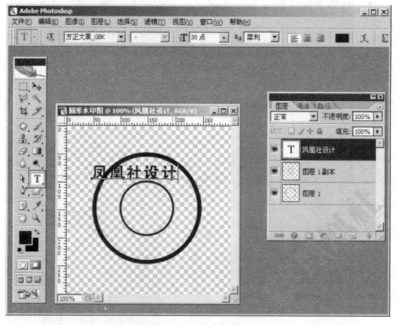

图 2-54　输入文字

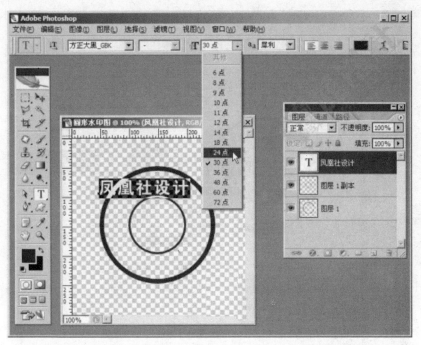

图 2-55 通过选项栏中的选项,调整字体和字号

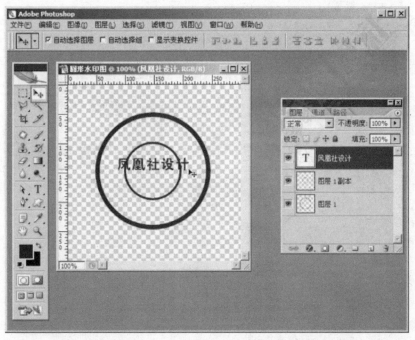

图 2-56 单击移动工具,将文字调整到环形图形的中心偏上

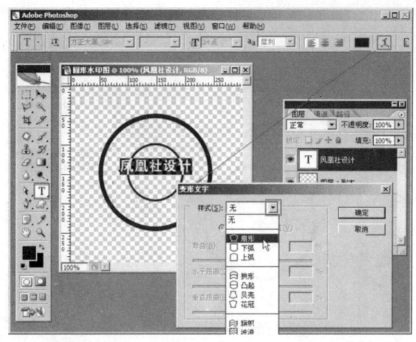

图 2-57 单击选项上的创意变形文字,单击样式下拉菜单,选择扇形

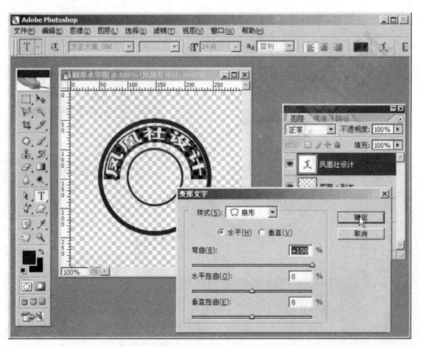

图 2-58 选择"弯曲"参数为"＋100"

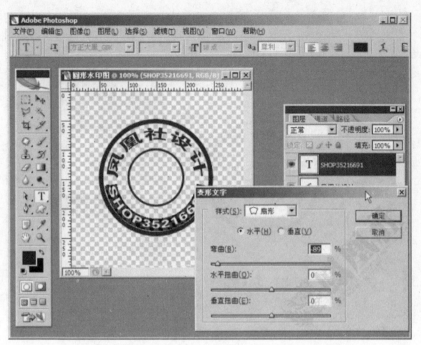

图 2-59　输入店号,选择"弯曲"参数为"－89％"

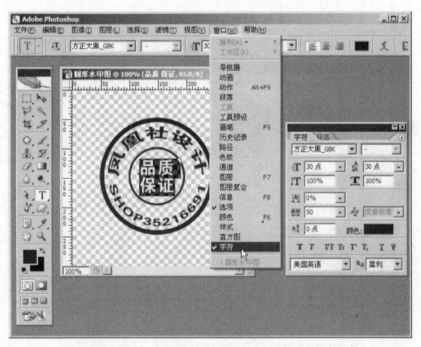

图 2-60　圆环中心可以根据需要输入"品质保证"广告文字

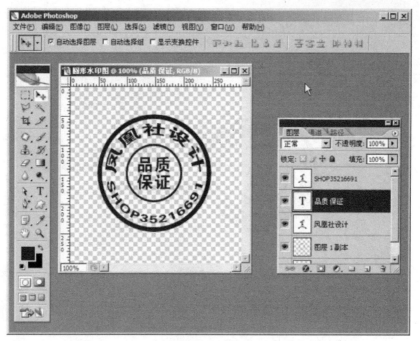

图 2-61　经典水印制作完成

图 2-62　先打开需要加水印的图片

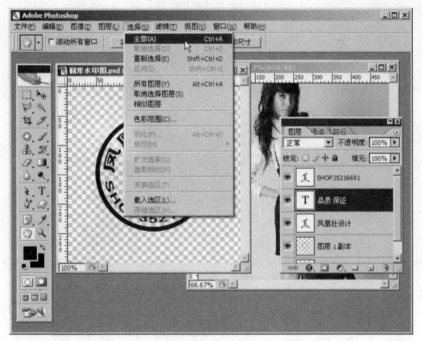

图 2-63　选择刚做好的水印文档，选择菜单"选择"的"全部"选项

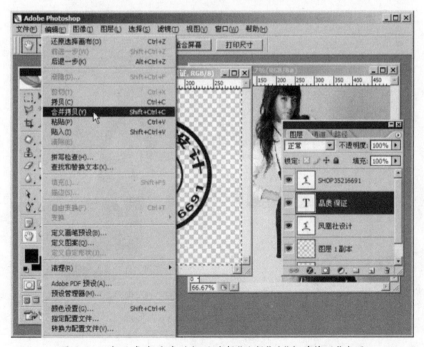

图 2-64　出现虚线的滚动框后选择"编辑"的"合并拷贝"选项

图 2-65　使用"编辑"的"粘贴"命令

图 2-66　调出图层调板,将"不透明度"调整为"30％"

图 2-67　将做好的图片保存

图 2-68　将图片储存为 JPG 格式，水印储存为 PSD 格式即可发布

图 2-69　其他水印图例

任务5　制作水印

制作水印最重要的目的是为了将照片防伪,另一个重要目的就是宣传,宣传对于网络营销来说也是至关重要的,宣传网店信息有助于客户记住我们。

制作水印就好比制作 Logo 一样,都需要展开想象。要能吸引顾客的眼球,也许就是因为一个小小的标志,让卖家愿意买你的商品。

下面就是用 Photoshop 制作 e-house 店铺水印的步骤与方法。

e-house 水印(如图 2-70 所示):该水印外形像房子,小店名称放在了屋顶的位置,红色的房子是寓意小店红红火火,窗子是由棕色的框和 e 来表示,e 表示网络,说明我们是通过网络平台搭建的。一排绿色小草用来表达小店的生机勃勃。写上联系电话和网店网址是为了更好地宣传本店。

图 2-70　e-house 水印

(1)构思小样,用笔画出基本形状。

(2)使用钢笔工具,在上方工具栏中单击 [图] 右方的下拉按钮,选择矩形框,绘制房子的主体结构,如图 2-71 和图 2-72 所示。

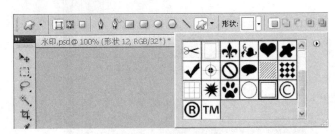 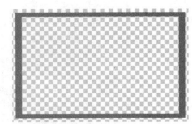

<table>
<tr><td style="text-align:center">图 2-71　选择矩形框</td><td style="text-align:center">图 2-72　绘制矩形</td></tr>
</table>

(3)画窗框。选择所需的图形形状,绘制大小适当的窗格,放置在适当位置。如图 2-73 和图 2-74 所示。

(4)在工具框中选择 [T] 工具,输入字母"e"并调整字体、大小及颜色。将"e"放置在窗格正中,如图 2-75 所示。

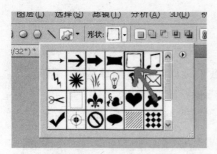

图 2-73　选择图形　　　　图 2-74　绘制并放置在适当位置　　　图 2-75　输入字母"e"

（5）在"房子"主体中写明联系电话和网站地址，如图 2-76 所示。

（6）画装饰箭头。在形状中选择箭头图形绘制箭头，将绘制好的图形选中按住 Shift 键旋转 90°改变其颜色，如图 2-77 所示。

（7）绘制草丛。在形状中选择草的图形，将草移动到指定位置，如图 2-78 所示。

图 2-76　注明联系电话和网点地址　　　图 2-77　箭头　　　　图 2-78　绘制草丛

（8）制作屋顶。选择 T 工具，输入"e-house"，选中写好的文字，修改字体、字号、颜色等。如图 2-79 所示。

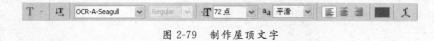

图 2-79　制作屋顶文字

使用 工具，样式选择扇形、水平、弯曲度"50%"，将其移到所需位置上。如图 2-80 所示。

e-house 水印制作完毕，如图 2-81 所示。

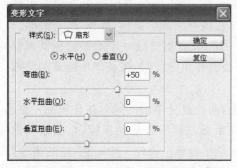

图 2-80　改变屋顶文字形状　　　　　图 2-81　e-house 水印制作完毕

任务 6　用 Photoshop 抠图

"抠图"是 Photoshop 非常强大的制图工具,现在我们要学习的是简单的"钢笔抠图"。

① 启动 Photoshop,单击"文件"中的"打开"。选择要抠图的图片。

② 选择"钢笔工具",在工具栏单击选择第四个小图标"重叠路径",有时抠好路径载入选区时,只有最外圈的选区,就是因为选择了第一个图标"添加路径"。如图 2-82 所示。

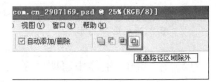

图 2-82　钢笔工具选择重叠路径

③ 单击所抠对象边缘,再次单击至下一步所需位置,同时按住鼠标左键不放拖动鼠标,拖动的同时调节手柄方向,直至路径弧线贴符在对象边缘。

④ 松开鼠标,此时需要转角,按住 Alt 键单击刚才的锚点。如图 2-83 所示。

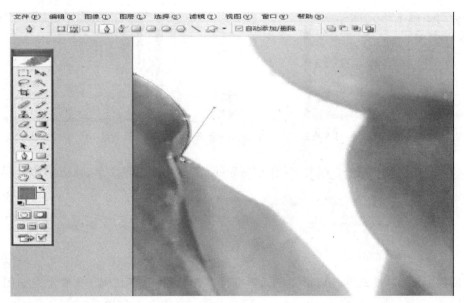

图 2-83　锚点

⑤ 这时"钢笔工具"右下角会出现一个小三角,单击后会去掉一个方向线手柄,下一步仍旧单击至下一步所需位置,同时按住鼠标左键不放拖动鼠标,如图 2-84 所示。

⑥ 拖动的同时调节手柄方向,在此解释一下,只有抠曲线时才需如此拖动鼠标,抠直线时直接单击就可以了,无需拖动鼠标,如果碰到转角曲线时,按住 Alt 键单击节点,去掉一个方向线手柄,就可以继续了。

按照上述方法,抠图就是直线单击再单击,曲线就是单击的同时按住鼠标左键不放拖动鼠标,然后下一个节点仍就单击的同时按住鼠标左键不放拖动鼠标,单击拖动鼠标,单击拖动鼠标,只有在碰到转角曲线时才需按住 Alt 键单击去掉一个手柄,总的来说曲线弧度的大小在于拖动时手柄长短的掌握,多尝试几次就知道了。

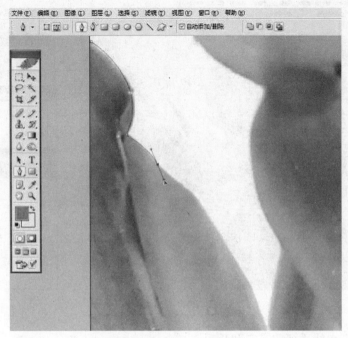

图 2-84 重复上述步骤

就这样一个节点一个节点描绘对象边缘,直至终点起点重合,这时钢笔工具右下角会出现一个小圆圈,代表路径的闭合。如图 2-85 所示。

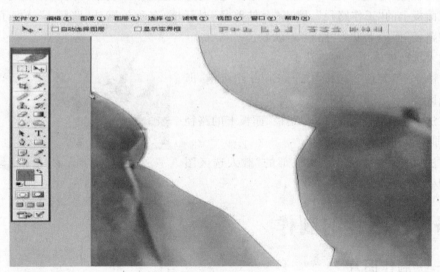

图 2-85 闭合路径

⑦ 抠好了外圈,再抠内部不需要的部分,把需要的部分全部描绘出来。如图 2-86 所示。

⑧ 抠图技巧如下。

a. 抠图时按住 Alt 键是去掉一个手柄,碰到转角时适用。

b. 抠图时按住 Ctrl 键,鼠标会变成一个白色空心箭头,这时可以移动节点的位置,还

图 2-86　抠出不需要的部分

可以重新调节方向线手柄的方向和长短。

c. Ctrl＋Z 组合键,还原一步,Ctrl＋Alt＋Z 组合键,还原多步,综上所述,灵活应用即可。

最后,抠图完成后,就要存储一下路径,防止路径的丢失,效果如图 2-87 所示。双击"路径"面板上的"工作路径",跳出"存储路径"对话框,名称就默认"路径 1"就好了,单击"好","路径"面板上变为"路径 1"就好了。

载入选区有以下 3 种方法。

方法 1:抠好后直接按 Ctrl＋Enter 组合键,即变为选区。

方法 2:按住 Ctrl 键单击"路径"面板上的路径名称,即变为选区。

图 2-87　创建路径并变为选区

方法 3:单击"路径"面板底部的"载入选区图标",即变为选区。

任务7　图片的制作

(一)制作图片

1. Logo 的制作

Logo 是小店的标识、标志,是自己小店的象征,也是自己店铺商品的品牌象征。建议学生可用 Photoshop 制作自己的标识。设计 Logo 时要有代表性,要突出自己店铺的主题。

2. Banner 的制作

Banner 也是小店的旗帜。建议学生可用 Photoshop 制作自己的 Banner。设计

Banner 时也要有代表性,要突出自己店铺的主题。

3. 各种图片的制作

其他图片大致可分为两类,一类是商品图片,另一类是广告图片。前者是将拍照好的图片进行修饰、修改后添加到会员周刊上即可。后者制作比较灵活,可用已拍照的图片也可用自行绘制的图片。

(二)文字说明编辑

1. 广告

各种促销商品,包括商品说明和价格。广告也包括各种促销的活动内容说明。

2. 说明文字

这部分文字作补充说明时用,将广告中未说清的事项阐述清楚。

(三)促销海报实例

以下是我校 08 电子商务专业内容编辑岗位的学生们制作的促销海报,如图 2-88～图 2-90 所示。

图 2-88　促销海报 1

图 2-89　促销海报 2

图 2-90　促销海报 3

实训三
网络营销岗位

▲ 实训目标

网络营销是以互联网为媒体,以新的方式、方法和理念实施营销活动,更加有效地促成个人和组织交易活动的实现。网络营销内容非常丰富,通过本岗位实训,使学生了解建立电子商务网店应用系统的一般步骤,并以店铺为基础在网上开展各种营销活动,初步具备应用电子商务网店系统进行营销的能力。如:挑选适合的商品并分类经营;设计页面上促销商品组合;上传热卖商品、打折商品、主打商品等;通过各种途径宣传自己的商品提高销售,为客户提供销售过程的客户服务支持等。

网络具有传统渠道和媒体所不具备的独特特点,即信息交流自由、开放和平等,而且信息交流费用非常低廉。信息交流渠道即直接又高效且越来越普及,因此网络营销在许多方面已渐渐取代了传统营销的主导地位。

▲ 实训任务

20 课时

任务 1　店招的制作

① 在店铺装修中,在线编辑店招,在我的素材中上传图片:店招背景图、网店 Logo、装饰性 jpg 格式图片两张,如图 3-1 所示。

图 3-1　在素材中上传图片

② 将上传的图片放入店招中,调整大小和位置。如图 3-2 所示。

图 3-2　调整店招大小及位置

③ 利用在线设计中的图片素材添加一些标签作为装饰,如图 3-3 所示。

图 3-3　添加装饰

④ 制作完成。如图 3-4 所示。

图 3-4 店招制作完成

任务 2 制作海报

海报全部在 Illustrator 中制作

（一）做财贸网上商城字样

使用椭圆工具按住 Shift 键画圆。添加 1 像素的白边,填充不同颜色,使用文字工具分别输入"财贸网上商城"六个字,修改大小及颜色,分别放置在六个圆中。调整圆和字的大小及位置,编组并添加投影效果,如图 3-5 所示。

图 3-5 制作"财贸网上商城"字样

（二）盛大开业

在网上搜索类似素材(ai 矢量图),修改颜色为渐变,从上到下逐渐加深,再添加投影效果,如图 3-6 所示。

（三）礼花

在网上搜索礼花的相关 ai 素材下载到电脑中,将其粘贴到海报中。如图 3-7 所示。

图 3-6 制作"盛大开业"

图 3-7 制作礼花

（四）增加点缀图

气球、蝴蝶、小孩是从网上找到的 jpg 素材，将其置入到 ai 中，实时描摹选择照片高保真度。取消编组，将外围白框选中并删除，再将其重新选中并编组。如图 3-8 所示。

图 3-8　制作气球、蝴蝶、小孩作为点缀

（五）星星

1. 用椭圆工具和矩形工具制作星星（白色）

先使用矩形工具绘制长宽适当的矩形，用直接选择工具选择矩形端点拖拽，使矩形的两端变细，再使用旋转工具将其旋转 90°并复制。使用对齐工具，水平并垂直居中对齐两个矩形。使用椭圆工具，按住 Shift 键画大小适当的圆，并添加 2.5mm 的羽化效果。将圆的中心放置在两矩形的交叉点上，编组。如图 3-9 所示。

2. 用星形工具制作星星（黄色）

先使用星形工具绘制大小适当的星星，再使用椭圆工具按住 Shift 键绘制大小与星星差不多的圆形，给圆添加 1mm 羽化效果，将圆放置在星星上，制作出发光的效果。如图 3-10 所示。

（六）花边

在网上找 jpg 花边素材（如图 3-11 所示），将找到的图片置入到海报中，实时描摹选择漫画图稿。取消编组，去掉多余的部分，再将左上角部分和右下角部分分别编组，填充颜色为渐变色。如图 3-12 所示。

图 3-9　绘制白色星星

图 3-10　绘制黄色星星

图 3-11　jpg 原图

（七）背景

用矩形工具绘制矩形，填充颜色为径向渐变，如图 3-13 所示。

（八）添加商品

将商品图片使用 Photoshop 抠图到透明背景中，保存为 psd 格式，使用 Illustrator 打开 psd，将其中内容复制粘贴到海报中。使用文字工具，写明商品价格，放置在适当位置，如图 3-14 所示。

图 3-12　海报花边

图 3-13　制作背景

4元/500g
6元/500g
7元/500g
7元/500g
10元/500g

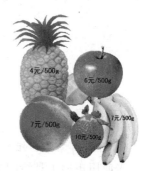

图 3-14　添加商品

（九）添加联系方式

使用文字工具将网址、热线电话、联系人等信息添加在海报左下角，如图 3-15 所示。

（十）组合

将刚才制作的所有部分组合在一起，制作出海报的最终效果，如图 3-16 所示。

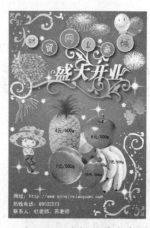

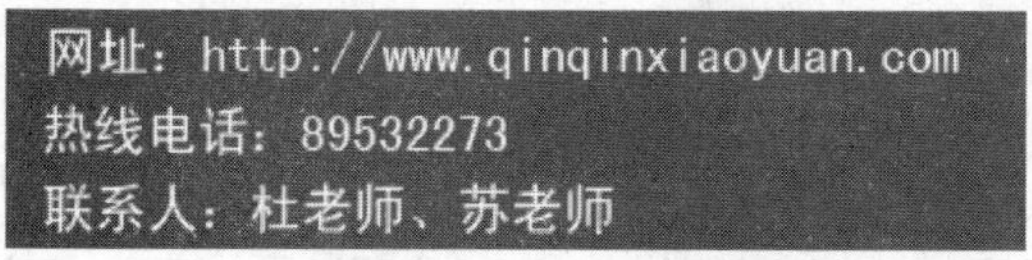
网址：http://www.qinqinxiaoyuan.com
热线电话：89532273
联系人：杜老师、苏老师

图 3-15　添加联系方式

财
贸
网
上
商
城
盛大开业

图 3-16　海报制作完毕

任务3 矢量图的制作

以财贸冰激凌为例。

（一）制作杯底

① 使用  画出大小适当的椭圆，选好颜色用渐变（径向）从左向右拖拽（如图 3-17 所示），按住 Alt 键复制一个椭圆，再用渐变从右向左拖拽（如图 3-18 所示）。

② 将两个椭圆放在一起，上下错位适当距离，做出立体效果，编组。如图 3-19 所示。

图 3-17　杯底下部的圆　　　图 3-18　杯底上部的圆　　　图 3-19　将杯底做出立体效果

③ 将第 2 步做出的部分缩放到 35％，复制，放置在适当位置。如图 3-20 所示。

④ 制作高光，用钢笔工具勾画出高光形状，填充颜色为白色，不透明度设置为 76％（如图 3-21 所示），放置在适当位置，如图 3-22 所示。

图 3-20　添加杯底的中间部分　图 3-21　钢笔工具勾画杯底高光　图 3-22　将杯底高光放置

　　　　　　　　　　　　　　　　　　　　　　　　　　　　　　　　　　在杯底适当位置

（二）制作杯身

① 使用  圆角矩形工具 画出适当大小的圆角矩形，用 多边形工具 画出三角形，再用 椭圆工具 画出大小合适的椭圆，摆放位置如图 3-23 所示。

② 将三角上部与椭圆下部叠放，使用路径查找器中的 与形状区域相减，扩展。再将剩余部分下端与圆角矩形上端叠放，使用路径查找器中的 与形状区域相加，扩展，再使用渐变填色，结果如图 3-24 所示。

图 3-23　分别制作杯身三大部分　　　　图 3-24　将杯身三大部分合并

③ 制作三个位置的高光,使用钢笔工具勾画,设置不同的不透明度,分别为1—36％、2—66％、3—79％(如图 3-25 所示),放置在杯身适当位置,如图 3-26 所示。

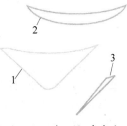

图 3-25　勾画杯身高光　　　　　图 3-26　将杯身高光放置在杯身适当位置

(三) 制作杯顶

① 用 ⬭椭圆工具 绘制大小合适的椭圆,用缩放工具缩放到93％,复制,放置在大椭圆的正中,使用 ▣ 与形状区域相减,扩展,用渐变工具填色,做成圆环(如图 3-27 所示)。再用 ⬭椭圆工具 画大小合适的椭圆,放置在圆环下。如图 3-28 所示。

② 制作三个位置的高光,使用钢笔工具勾画,设置不同的不透明度,分别为1—80％、2—80％、3—73％(如图 3-29 所示),放置在适当位置,如图 3-30 所示。

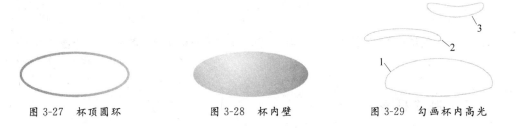

图 3-27　杯顶圆环　　　　　图 3-28　杯内壁　　　　　图 3-29　勾画杯内高光

③ 将杯底、杯身、杯顶放在一起,完成后的冰激凌杯子如图 3-31 所示。

图 3-30　杯顶完成　　　　　图 3-31　冰激凌杯子制作完成

(四) 制作杯内水果

1. 樱桃

用 ⬭椭圆工具 按住 Shift 键画圆,填色为红(如图 3-32 中所示)。制作高光,用钢笔勾画,颜色使用渐变(如图 3-32 所示)。制作樱桃的枝,用钢笔工具勾画,填色为红(如图 32 左所示),组合后如图 3-33 所示。

左　　　　中　　　　右

图 3-32　樱桃分解

图 3-33　樱桃制作完成

2. 柠檬

用 ⬭椭圆工具 按住 Shift 键画圆,按住 Alt 键复制一个圆,将其中一个缩放到 80%复制,使用 ▣ 与形状区域相减,并扩展,做成圆环。分别将圆和圆环用渐变填色。使用钢笔工具,勾出杯边形状,分别与圆和圆环做相减,将剩余部分对齐,如图 3-34 所示。

用钢笔工具画柠檬的籽,渐变填色,按住 Alt 键复制 5 个,旋转,放在柠檬图形中如图 3-35 所示。

3. 合并图片

将杯子和水果放在一起,财贸冰激凌制作完成,如图 3-36 所示。

图 3-34　能够贴合杯子的　　　图 3-35　添加柠檬籽(柠檬　　　图 3-36　财贸冰激凌
　　　　　柠檬(半成品)　　　　　　　　制作完成)

任务 4　动画的制作

(一) 使用 Illustrated CS3 做出固定不动的部分

① 从网上搜集素材:房子、松树。如图 3-37 和图 3-38 所示。

② 新建 AI 格式文件(RGB 文档),保存并命名为"学习屋. ai"。

③ 使用 Photoshop 打开"房子. jpg",抠出房子的部分,新建背景为透明的文档,将"房子"拖拽过去,保存为 psd 格式文件,如图 3-39 所示。

图 3-37 房子　　　　　　　　图 3-38 松树　　　　　　图 3-39 将"房子"背景变为透明

④ 用 Illustrated 打开"房子.psd",将其内容复制到"学习屋.ai",调整好大小及位置。如图 3-40 所示。

⑤ 在房子上添加"雪"。使用 ▢矩形工具 、✎钢笔工具 、➢直接选择工具 绘制及调整,颜色使用白色,如图 3-41 所示。

图 3-40 将"房子"放置到 ai 中　　　　　　　图 3-41 添加房顶的"雪"

⑥ 使用 ▢矩形工具 绘制地面和天空,画出大小合适的两个矩形,地面为白色,天空为白色和浅蓝色的渐变,放置在适当位置,如图 3-42 所示。

⑦ 将"松树.jpg"转成背景为透明的"松树.psd",方法同第 3 步,如图 3-43 所示。

图 3-42 绘制地面和天空　　　　　　　图 3-43 将"松树"背景变为透明

⑧ 用 Illustrated 打开"松树.psd"将其内容复制粘贴到"学习屋.ai"。按住 Alt 键复制出 4 个松树,调整大小和位置,根据远近程度添加适当的高斯模糊,如图 3-44 所示。

图 3-44　在房子旁边放置松树并增加适当模糊

⑨ 固定部分制作完毕,存档并导出 jpg 文件。

(二) 使用 Photoshop CS4 做出动画

① 从 Photoshop 中打开"学习屋.jpg"。

② 从照片"脚印.jpg"中找出能够使用的脚印,利用选择工具和 ⊕ 将脚印移动到"学习屋.jpg"中,并复制多个图层,命名为"脚印-左 1～脚印-左 4"、"脚印-右 1～脚印-右 4",移动到适当的位置,如图 3-45～图 3-47 所示。

图 3-45　脚印在图层中的位置

图 3-46　脚印在图中的位置

③ 上网找雪花素材,抠图,粘贴到"学习屋"中,图层分别命名为"雪花 1～雪花 6",调整初始位置及大小,如图 3-48 和图 3-49 所示。

④ 使用文字工具,书写"学习屋"三个字,调整字体、字号,放置于房屋上,添加效果:斜面和浮雕,将做好的图层复制出四个(注意不要移动文字在画面中的位置),分别修改颜色并在图层名中注明,如图 3-50～图 3-52 所示。

图 3-47　添加脚印后的整体效果

图 3-48　雪花在图层中的位置

图 3-49　雪花在图片中的位置(从左到右对应1~6)

图 3-50　文字"学习屋"在图层中的位置

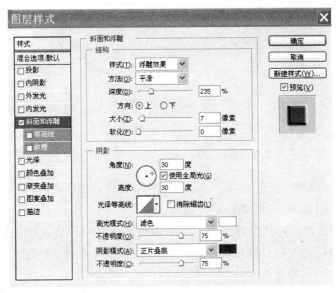

图 3-51　文字"学习屋"的图层样式

图 3-52　整体效果

⑤ 打开窗口—动画,将所有脚印的图层关闭。在第一帧中摆放好六个雪花的位置,文字只打开红色的,完成后复制第一帧(如图 3-53 所示)。在第二帧中分别移动六个雪花的位置,并且适当更改其不透明度,关闭红色文字,打开绿色文字(如图 3-54 所示)。

图 3-53　第一帧打开红色"学习屋"

⑥ 选中第一帧,使用 过渡,要添加的帧数设置为 9,完成过渡,如图 3-55 所示。

⑦ 用同样方法共使用四次过渡,按文字可以表示为"红—绿—蓝—紫—红",雪花从空中飘落直到消失。完成所有过渡后,帧数应为 41(为使动画连贯,帧延迟均为默认 0 秒)。

⑧ 添加脚印,每五帧添加一个脚印(即 1～5 帧显示"脚印-左 4",6～10 帧显示"脚印-左 4"和"脚印-右 4",11～15 帧显示"脚印-左 4"、"脚印-右 4"和"脚印-左 3"……以此类推),最后 36～41 帧显示所有脚印。

⑨ 选中第一帧,存储 psd 格式文件,然后单击存储为 Web 和设备所用格式(D)…,选择 gif 文件,单击存储,选择路径,保存。

图 3-54　第二帧打开绿色"学习屋"

图 3-55　完成过渡

任务5　网页装潢

（一）分类模版

首先将分类的图片上传至图片空间,然后编辑分类,并为各个分类添加图片,如图 3-56 所示。

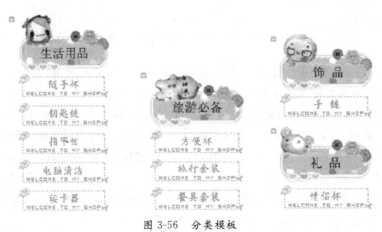

图 3-56　分类模板

（二）自定义模块模版

上传需要的图片至图片空间,在自定义模版最上方插入一张方便收藏的图片,并链接到收藏页面,如图 3-57 所示。

图 3-57　单击收藏图片

切换到编辑 HTML 源码,将模板代码完全复制粘贴过去,再切换回设计视图,修改文字、商品图片等,添加链接,如图 3-58 所示。

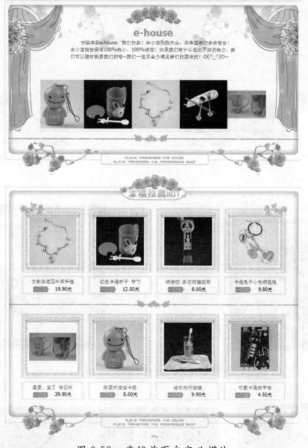

图 3-58　店铺首页自定义模块

（三）宝贝描述模板

以红色卡通杯为例。先将需要的图片上传至图片空间,然后编辑宝贝信息,在宝贝描述中切换至 HTML 代码,将宝贝描述模板代码完全复制粘贴过去,再切换至设计视图,插入需要的图片和文字说明,还可以加入一些小装饰。如图 3-59～图 3-64 所示。

红色卡通杯子 卡通兔子 带勺、盖子 有手柄 时尚创意

淘宝网将保障您的购物资金及运费安全，查看保障须知。

价　格: **12.50**元

运　费: 平邮: 10.00元 快递: 15.00元

30天售出: 0件 (已有0人评论)

付款方式: 支付宝卡通　网银支付　找人代付　消费卡

我要买: 1 件 (库存5件)

立刻购买　　加入购物车

所在地区: 北京　　　　　　　　浏览次数: 78次

宝贝类型: 全新

| 宝贝详情 | 评价详情(0) | 成交记录(0件) | 保障须知 | 付款方式 | 客言馆 |

| 杯子形状: 有盖 有手柄 | 杯子风格: 可爱/卡通 | 杯子容量: 301-400ml |
| 杯的材质: 塑料 | 价格区间: 10元-19.9元 | |

图 3-59　宝贝描述第一部分

随杯附带兔形勺子，勺柄突出可以挂在杯沿上哦~

图 3-60　宝贝描述第二部分

杯盖留有圆形缺口，勺子挂在杯沿上也可以盖上杯盖~

杯子、勺、杯盖组装起来有立体感~更有新意~

图 3-61　宝贝描述第三部分

宝贝描述 Description

红色卡通兔子杯

亲们可以使用本宝贝盛放牛奶、果汁、咖啡、茶、酒、水等

宝贝由杯子、盖子、勺子组成

杯盖有圆形缺口，勺子挂在杯沿上亦可以盖上杯盖

兔年顶呱呱~何不买个兔形的杯子~

让您在兔年红红火火~给力！

注意：放入杯中的水的温度不能超过75°，

本宝贝不能用于微波炉和烤箱加热

图 3-62　宝贝描述第四部分

买家须知 Buyer Reading

1、本店照片都是自拍的。但因拍摄的角度、拍摄时的光线、相机的设置及显示器的设置等因素的影响，实物与图片可能略有差异。这些都是正常的哦。我们会尽自己所能，使实物在图片中还原本身的颜色。但还是有力所不能及的时候。所以请亲们以实物为准哦~

2、我们主要经营生活中常用到的小商品。也许在您收到的时候包装不见得非常平整。但内部我们都会非常认真、仔细地检查的。没有质量问题后再发货。所以请亲不要在意外包装是否完美。还请以您想要的宝贝的反应说话吧~因为我们报在意每一个评价。所以请亲们收到货后，有任何质疑。都要先和我们联系哦。我们都会尽量为您解决~

3、我们的e-house刚开张。存货本就不多，所以暂时不能提供无理由退换货等服务了。若是宝贝存在质量的问题。我们当然非常乐于为您解决。但仅仅是"不喜欢了"，"和想象中不一样"，"颜色不太一样"等理由，请亲谅解我们无法承受您的心情的变化。无法为您以这些理由退换货哦。这些生活中的小件商品，本身价格就不高。我们的利润也是相当的有限。若是发生退换货的情况。那邮费就够我们喝一壶的了。所以请亲们留意一定要慎重哦。

4、亲们点击购买后，请填写详细的收货信息。我们会根据亲们填写的收件信息发货。如中途有变更请亲们及时联系我们哦。否则由于地址或电话等变动导致不能按时收货或者货物丢失我们就没有办法了~

5、请亲在验收货物时一定要注意开包验收。如发现货物破损。货物不相符请勿签收。同时联系我们。我们会采用解决。因为快递在亲们签收时有对盒营产品好坏与否的联系。若亲们没有及时提出。也就没有第三方可以确认货物是否在运输途中出现了破损等问题及追于亲们签署退换货。所以亲们若在签收后告知货物有缺损。那我们也无能为力了。

图 3-63 宝贝描述第五部分

邮资说明 About Postage

1、由于我们刚刚开店。快递方面还不是很稳定。暂定以鑫飞鸿为默认快递。因为这个是我们现在能达下来价格最低的^O^~若是有特别的快递要求。请与我们联系过后再拍哦。若是有鑫飞鸿不到的地方。请亲尽早告我们说明。并告知当地常收发快件的快递名称。我们会在查过这快递价格后再向亲收取费用。快递都不到的地区我们可以发平邮哦。总之，我们不会在邮费上赚亲们的钱。一切以实际发货的重要为准。所以请亲们放心哦。另外、请亲们在收到包裹后，当面检查外包装是否完好。没有问题再签收哦。若是签收后，才发现包裹破坏或里面宝贝丢失。我们也没办法为亲们追回的。

2、特别提示：多件商品运费可以在拍前联系。确认送货城市及实际体积重后确定。亲们可以使用购物车下单哦。这样运费就能够自动统计出来。既省时又省力哦~

3、快递查询：买家在我们发货后谙查询相您的物流信息的步骤：
I、进入"我的淘宝"→已买到的宝贝→到相您的宝贝点击"详情"→"物流和收货信息"→查看物流信息→"跟踪运单信息"；
II、进入"我的淘宝"→"已买到的宝贝"→到相您的宝贝点击"详情"→"物流和收货信息"→复制运单号到相您的快递官网查看货运信息。鑫飞鸿快递查询网址http://www.xfhex.com（复制网址到新窗口打开）

联系方式 Contact Us

淘宝旺旺：

手机：15201271982

QQ：291419995

推荐使用淘宝旺旺在线联系，以便我们快速查询相关信息，及时为您解决问题。

图 3-64 宝贝描述第六部分

任务6　制作会员周刊和促销海报

会员周刊、促销海报一般含有店铺的 Logo、banner、广告、促销活动及说明文字等,应根据策划岗位选定的网站经销的商品种类来确定会员周刊页面的风格和内容。无论周刊的风格和样式怎样,页面内容都必须按照网站的策划岗位要求去制作,首页要简练、规范、精美,文字大小合适,色彩和谐;网站的 Logo 和 banner 要亲自制作,并与网站的名称和内容相吻合且内容齐全。

▲ 拓展训练

(1) 在易趣网上搭建个性化网店。

① 通过电子商务网上交易平台(西单商场 netmall. cn 可提供电子商务真实的网上交易平台),理解个人网店搭建基本概念,为真实模拟网上交易打下基础。

② 利用易趣网 http://www. eachnet. com/提供的功能创建个性化 e-store 网上商店,其中包含网店用户的注册与登录,商品展示,各种活动说明,搜索,友情链接,购买结算等。

a. 用户注册及登录:新用户单击注册,注册成功后登录。

b. 选择模版:单击店铺管理选项,选择个性化模版。

c. 选择商品:从下列商品分类中选择要添加的商品。

(2) 在易趣网:http://www. eachnet. com/和淘宝网:http://www. taobao. com/上的个人网店争创销售佳绩。

在完成对平台提供的商品进行挑选之后,可以在此添加平台之外的商品,作为店铺商品的补充。自荐商品可以由实习者根据需要自行添加,由于无法和平台商品共同进行配送,因此自荐商品暂时无法订购,仅用于展示。

在添加自荐商品时,请分别选择用于平台搜索的商品分类和用于店铺展示的个性化分类,以保证可以在不同的搜索条件下都能够搜索到你的商品。

在完成了自荐商品的添加后,如果商品价格或其他相关信息发生了变化,可以通过自荐商品修改功能来完成。进入自荐商品修改,批量修改商品店铺分类,修改自荐商品信息。

个性化网店营销额的高低是网店成功与否的标志之一,学员力争在易趣网和淘宝网上争创销售佳绩。

实训四
客服及仓储物流岗位

▲ 实训目标

　　电子商务下的物流配送，是信息化、现代化、社会化的物流和配送，是指物流配送企业采用网络化的计算机技术和现代化的软件系统及先进的管理手段，针对社会需求，严格地、诚信地按用户要求完成商品的采购、存储、配送等一系列环节。如果缺少了现代化的物流管理，无论电子商务是多么便捷地贸易形式，仍将是无米之炊。

　　本岗位主要负责两个方面，一是订单确认与结算，如订单确认、货到付款订单确认、客户咨询、处理各种客户意见、建议和客户投诉。二是库存的管理与配送，如：库存管理、库存盘点；订单商品配货、核货、发货的日常工作；退换货处理；与物流相关的配送说明页面的修改和完善以及资费调整；对于配送公司配送监督和跟进；负责配送成本的控制（承运商运费的核算与结账）。

▲ 实训任务

　　16 课时

　　既然是客服及物流仓储岗位的实训，就应突出该两个岗位的工作特点和工作内容，而不是模拟客户进行购买等的实训任务。建议全书按照岗位区分设置内容。

任务1 模拟客户购买商品

（一）注册成为会员

1. 登 录

登录 www.qinqinxiaoyuan.com 进入北京财贸职业学院电子商务实训平台，单击"注册"按钮，如图 4-1 所示。

图 4-1　登录"我爱母校"网站

2. 填写注册信息

填写"用户名"和"密码"，完成注册，如图 4-2 所示。

图 4-2　填写注册信息

（二）前台购买

1. 商品搜索

输入商品名称"挂饰"，单击"搜索"按钮，查询想要购买的商品，如图 4-3 所示。

图 4-3　商品搜索

2. 挑选商品

单击自己想要的商品，如图 4-4 所示。

图 4-4　挑选商品

3. 购买

① 进入商品界面，输入商品的数量，单击"立即购买"，如图4-5所示。

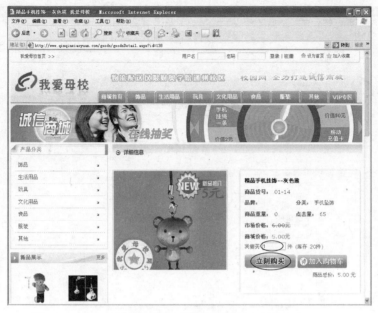

图4-5　立即购买商品

② 可以修改商品的数量，输入购买数量后，单击"更新购物车"，然后单击"我要结算"，如图4-6所示。

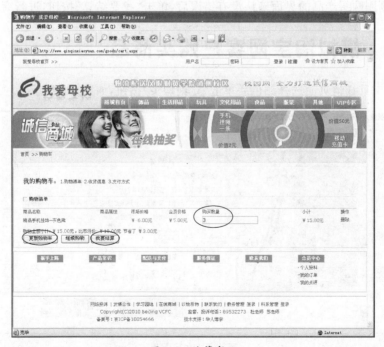

图4-6　结算商品

③ 注册。如果已成为注册会员，可直接登录。如果尚未注册，单击"注册"按钮，如图 4-7 所示。

图 4-7　结算商品需先注册

④ 在刚刚购买产品的界面确认没有错误后，单击"我要结算"按钮，进行商品结算。

任务 2　模拟淘宝网客户购买商品

（1）到宝贝详情页面选择颜色后单击"立刻购买"按钮，如图 4-8 所示。

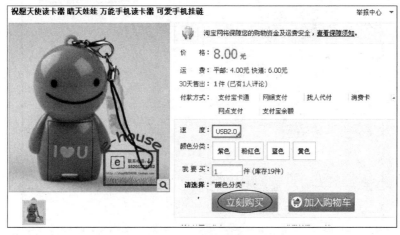

图 4-8　购买商品

（2）将图 4-9 中的表填好。

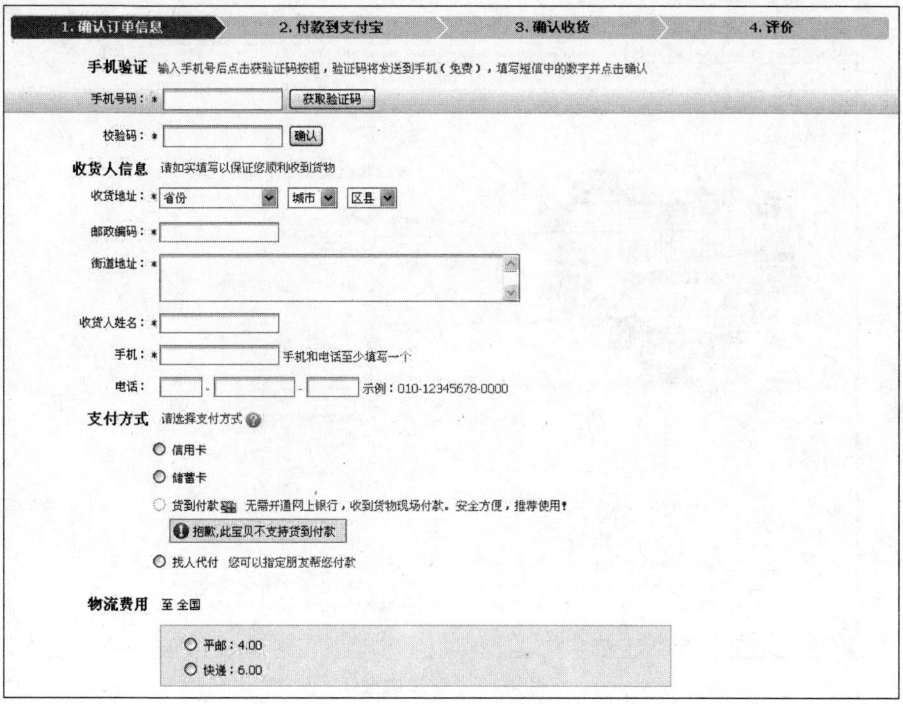

图 4-9　填写订单信息

（3）付款到支付宝。

（4）确认收货。

（5）评价。

物流选择。

（1）平邮：平邮比较慢,但是邮费较少。

（2）快递：快递较快,但是运费较贵。

任务3　后台管理

① 登录淘宝账户,如图 4-10 所示。

② 进入淘宝网"我是卖家"后台,如图 4-11 所示。

③ 店铺管理如图 4-12 所示。店铺管理界面可以实现店铺装修及查看、管理图片、分类等功能。

④ 宝贝管理如图 4-13 所示。宝贝管理界面可以添加及查看商品,对宝贝实现系统的管理。

⑤ 交易管理如图 4-14 所示。

交易管理界面可以实现查询订单、发货、评价等功能。

图 4-10 登录淘宝

图 4-11 进入淘宝卖家后台

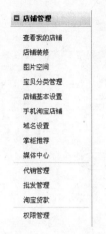

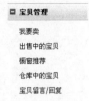

图 4-12 店铺管理   图 4-13 宝贝管理   图 4-14 交易管理

在淘宝网上开店,基本要学会三个大的板块。首先对店铺进行管理,要进行店铺装修,有一个基本的店面,添加一些分类,将必要的图片上传至图片空间。然后进行宝贝管理,添加商品,宝贝描述中用到的图片需提前放置在图片空间中以方便使用。一个基本的店铺已经形成,当有客户来购买商品时,就需要交易管理,从查看订单到评价一系列流程过后交易完成。上述三个板块使用熟练后即可成为一个真正的店铺。

任务4 客户咨询及处理客户意见

顾客如需投诉或发表各种意见,可在相关店铺首页进行操作。

(一)登录店铺

① 从实训平台首页登录店铺:在北京财贸职业学院实训平台 www.cai-mao.com 首页店铺搜索栏中输入店铺域名 teacher 后,单击"go",(如图 4-15 所示)便可登录到名为

图 4-15 登录店铺

teacher 的店铺。

单击"进入店铺"便可进入小店，如图 4-16 所示。

图 4-16　进入店铺

② 在 IE 地址栏中输入店铺域名直接登录相关店铺。

直接在 IE 地址栏中输入 teacher. shop. cai-mao. com 后也可登录到名为 teacher 的店铺，如图 4-17 所示。

图 4-17　域名为 teacher 的店铺首页

（二）建立店主联系方式

店铺的管理人员首先需要将自己的联系方式建立好，以便顾客能够与自己顺畅交流。进入店铺后台管理系统后，单击"店主联系方式"，如图 4-18 所示。

图 4-18　建立店主联系方式

在弹出的相关页面上填写店主相关信息，如图 4-19 所示。

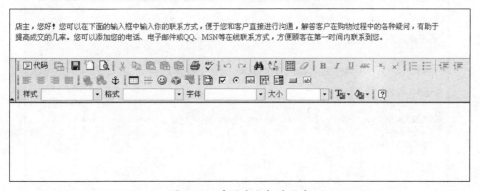

图 4-19　填写店主相关信息

（三）处理客户意见

店铺的管理人员在后台可方便地处理顾客咨询、投诉和各项建议。单击"客户问答管理"，如图 4-20 所示。

在填写"标题"和选择"问题分类"后按"搜索"按钮，得到问答信息的列表，可以通过按"编辑/回复"链接进入"编辑/回复"界面，如图 4-21 所示。

当进入"编辑/回复"界面后，如果需要对"顾客的疑问"进行修改，请按顾客疑问信息行的"编辑"按钮，这时就可以看到顾客疑问的编辑框了，编辑完成后按"更新"链接完成操作，如果需要回复顾客的疑问，则在"回复框"中填写回复信息，完成输入后按"回复"按钮

图 4-20　客户问答管理

图 4-21　问答可重新编辑

保存,如图 4-22 所示。

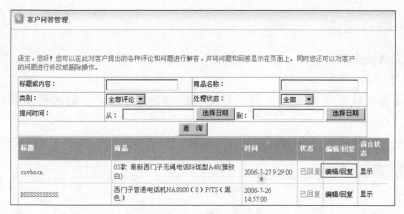

图 4-22　编辑、回复顾客疑问

任务5　库存管理、支付和物流配送

（一）库存管理

建立期初库存管理表，盘点所有商品并绘制成表。每次盘点后，绘制出新的库存管理表，更新原始数据。如表 4-1 所示。

表 4-1　实例，财贸商城——教师之家期初库存表

商品编号	商品名称	商品规格	商品数量	商品售价	商品总金额
420115	U 盘	4G	15 个	78 元	1170 元
120067	汰渍洗衣粉	450g	40 袋	4 元	160 元
100050	心相印卫生纸	10 卷	20 大包	21.6 元	432 元
520030	六神沐浴露	200ml	30 瓶	8.5 元	255 元
520058	强生沐浴露	300ml	30 瓶	12.6 元	378 元
520080	强生润肤露	100ml	30 瓶	23.4 元	702 元
120076	舒肤佳香皂	30 盒	50 块	4.5 元	225 元
100019	苏菲卫生巾	20 包	50 包	7.8 元	390 元
170003	佳洁士牙膏	165g	30 盒	8.8 元	264 元
120061	金纺	0.5l	40 袋	7.2 元	288 元
500045	海飞丝去屑洗发露	200ml	30 瓶	19.5 元	585 元
500049	飘柔洗发露	500ml	30 瓶	45.6 元	1368 元
500036	清扬洗发露	400ml	30 瓶	38.2 元	1146 元
520075	美加净护手霜	75g	30 瓶	13.8 元	414 元
210004	香菇	200g	20 袋	25.5 元	510 元
230003	可口可乐	600ml	30 瓶	2 元	60 元
210200	老炒匠奶油花生	150g	20 袋	6 元	120 元
210086	阿胶枣	200g	20 袋	3.8 元	76 元
合　　计		商品数	18	库存金额	8543 元

（二）物流配送

以淘宝店铺为例。

1．订单查询

在交易管理界面查看等待发货的订单，确认订单信息无误后进行发货，如图4-23所示。

等待发货的订单	发货中的订单	已发货的订单

未发货的订单　被取消的订单

收件人名称：　　　　　　买家昵称：　　　　　　创建时间：　　　　　至　　　　

订单编号：　　　　　　买家选择：全部　　　　搜索

图4-23　查看订单

2．货物包装

使用大小合适的盒子包装商品。

3．联系物流公司

联系有合作的物流公司来取货。

4．填写配送单

填写始发地、寄件人姓名、寄件人电话、收件地址、收件人姓名、收件人电话等，并选择付款方式为到付或现金，配送单如图4-24所示。

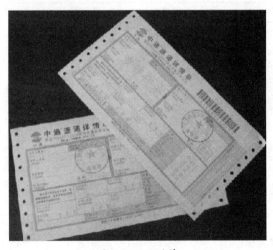

图4-24　配送单

5．与物流公司结算

如选择现金则直接将邮费交给物流公司，发货完成。

6．订单处理

在交易管理平台选择发货，将等待发货的订单处理为已发货订单，需填写买家详细信息及订单号等，如图4-25所示。

图 4-25 订单处理

7. 通知买家

通知买家商品已发出，请及时查收，并告知到货大概时间，如图 4-26 所示。

8. 到货

商品通过物流到达买家手中。

李申辰 (2011-04-12 18:02:03)：
您好 商品已发出 大概两三天左右到 请注意查收

图 4-26 通知买家

9. 双方互评

在交易管理→已卖出宝贝中选择需要的评价对
买家进行评价。

10. 交易成功

如图 4-27 所示交易成功的界面。

近三个月订单	等待买家付款	等待发货	已发货	退款中	需要评价	**成功的订单**	三个月前订单

宝贝	单价(元)	数量	售后	买家	交易状态	实收款(元)	评价
全选　批量发货　批量备忘　批量免运费							
□ 订单编号：71407857934573 成交时间：2011-04-11 20:55							
方便杯 迷你折叠水杯 环保卡通塑料伸缩杯 小巧 出游必备	1.99	1	投诉维权	澤豬tear ▽ 胡百冲 给我留言	交易成功 详情	7.99 (含快递:6.00) 查看物流	双方已评
□ 订单编号：71334140354573 成交时间：2011-04-11 13:27							
祝愿天使读卡器 晴天娃娃 万能手机读卡器 可爱手机挂链 速度:USB2.0 颜色分类:粉红色	8.00	1	投诉维权	澤豬tear ▽ 胡百冲 给我留言	交易成功 详情	12.00 (含平邮:4.00) 查看物流	双方已评

图 4-27 交易成功

（三）结算

1. 收款

所有经财务确认收款的订单财务需要做收款确认表进行登记。登记内容包括订单号、支付方式、顾客姓名、收款金额、退款或转预付款金额等，以方便财务在实际收到货款时对账。

2. 退款

由于商品无货或商品调换等原因要求顾客退款的财务应进行退款处理。首先是客服人员与顾客联系后确认退款，客服人员做取消订单处理，同时通知财务人员，财务人员根据退款订单的信息为顾客做退款，财务人员在操作员留言中写明退款的具体日期和金额。所有退款的订单财务需要手工做退款登记表进行登记，以方便财务在实际退款后与之对账。

▲ 拓展训练

1. 了解海尔供应商管理平台 http：//www.haier.com 的物流配送过程。

2. 掌握世界先进的物流配送公司之一麦德龙 http：//www.metro.com 的商品配送全过程。

实训五

经理岗位

▲ 实训目标

电子商务是企业与企业之间、企业与个人之间经过 Internet 进行的商务活动。财贸商城电子商务交易平台提供了企业之间、企业与个人之间的商品交易全过程。学生们通过本岗位的操作，可以熟悉并了解电子商务的商品交易业务活动及电子商务的后台商品管理活动，如：供货商的开发和维护；产品查询及产品维护、网上签约购买、在线购买；商品的新增、删改；网站频道维护，相关频道页面更新维护，包括产品推荐和专题推荐；销售与采购：负责产品线促销活动计划和采购计划的制订和实施等。

▲ 实训任务

16 课时

任务 1　供货商的开发和维护

（一）寻找合作伙伴

首先做好与供应商有关的市场调研,内容应包括调查竞争对手的商品结构、价格、包装、质量、促销、货源、陈列方式、质量等。其次包括开发新的供应商,改善商品结构,增加销售额与利润,新老供应商的发展趋势及以往业绩。

（二）相关证书

在引进供应商谈判前,需要对对方进行企业资质信用认证和商品质量认证。企业资质信用认证的内容包括:根据供应商经营的商品种类,要求供应商出具相关行业的企业法人营业执照、税务登记证等企业资质证书。商品质量认证则需要对方出示商标注册证书、商品生产许可证、产品检验(检疫)合格证、产品质量检测证书(检测报告)、产品代理销售、特约销售证书或授权委托书、特种商品专营许可证等有关证件。并对产品的标识、成分、质量、出厂检验证明等进行审核,以保证符合规定的标准。对属于强制性产品认证、绿色产品标志、知名品牌产品的商品,应当提供相关证明材料并备案存档。与产品质量的有关规定可参照附录中的《中华人民共和国产品质量法》、《欺诈消费者行为处罚办法》(1996年3月15日国家工商行政管理局令第50号公布)、《关于中国强制认证制度及第一批实施强制性产品认证的产品目录》、《何为 QS 标志》等。

（三）谈判

谈判分为以下几步完成:接触摸底阶段、报价、回顾总结阶段、实质磋商阶段、交易达成阶段。与供应商谈判的内容比较多,主要集中在以下几个方面。

1. 品质

产品的品质是指产品的内在质量和外观形态。它们是由产品的自然属性决定的。具体表现为产品的化学成分、物理性能和造型、结构、色泽、味觉等特征。这些特征可以用规格、等级、标准、品牌来表示。

2. 商品价格

价格水平的高低直接关系到谈判双方的经济利益,因此它是产品购销谈判中一个非常重要的内容。采购人员应事先调查市场价格,不可凭供应商片面之词,误入圈套。如果没有相同商品的市价可查,应参考类似商品的市价。此外,公平而合理的价格,还可通过单独与供应商进行采购或由数家供应商竞标的方式来取得。单独与供应商进行采购时,采购人员最好先分析成本或价格;数家供应商进行竞标时,应选择两三家较低的供应商,再分别与他们采购,求得公平而合理的价格。但在使用竞标方式时,谈判人员切勿认为,能提供最低价格的供应商即为最好的供应商。谈判人员必须综合一个供应商的送货、售后服务、促销支持、其他赞助等方方面面的支持。所以有时候放弃与提供极低价格的大批发商的合作,而选择不愿意提供极低价格给网站的供应商合作。

3. 数量

成交商品的数量多少,不仅关系到卖方的销售计划和买方的采购计划能否完成,而且与商品的价格高低有关,从而影响到买卖双方的经济利益。所以商品数量也是经济谈判的一个重要内容。

4. 包装

商品包装是商品的一个重要组成部分,它可以起到宣传商品、保护商品、方便运输、储存、堆放、装卸以及方便消费的作用。由于各种商品自然属性不同,运输方式、经营条件不同,应相应采用不同的包装材料、规格及形式,所以在经济谈判中还应对商品包装予以明确,以防包装条款不明造成商品损失责任不清。

5. 装运

商品装运是实现商品交换的必要环节。所以谈判双方如何交接货物、如何确定运输方式、运输费用、交货时间、地点等是非常重要的,它不仅影响到能否顺利实现商品的交接,还会影响到谈判双方的经济利益。所以经济谈判双方要就商品运输方式、费用、交货期限、地点等问题一一协商,并有明确的协议。

6. 结账方式

货款的支付,是货物买卖中的一项重要问题。在不同的支付条件下,尽管表面支付的价格总额不变,但对买方的实际支出和卖方的实际收入却可能有很大影响,所以,谈判各方都应努力争取对自身有利的支付条件。包括:支付手段、支付时间、支付货币和支付方式等方面。

7. 检验

商品检验,是对交易商品的品种、数量、包装等项目按照合同规定的标准进行检查或鉴定,以确定是否接收对方货物。在商品检验谈判中主要通过双方协商,明确商品检验的内容、方法以及进行商品检验的时间、地点。

8. 退换货

由于供应商产品质量的问题、残损或由于供应商业务人员的误导,形势估计过于乐观等因素,造成买进的商品库存过高,或商品滞销的情况,有诚意与远见的供应商应主动解决问题。如果供应商不积极配合,网站应不继续与其合作。因为通常情况下,供应商会有较多的销售渠道处理此种滞销商品。

9. 售后服务保证

对于需要售后维修的家电或电子产品,网站就要求供应商提供免费、不低于1年的售后服务,并将保修卡放置在包装盒内,保修卡应标明维修商地址及电话,并且今后若维修商的名字、地址及电话发生更换,供应商应于第一时间通知网站,由网站及时通知相关的退换货处人员。

走私货由于货品来源不明,同时售后服务也成问题,而且逃漏国家税收是违法行为,因此不可在网站上销售。

10. 促销

为增加网站的利润,应积极与供应商争取更多的网页促销广告。在与供应商的网站促销广告谈判中,注意下列几项:促销网页的制作费用,页面的位置不同费用也不同;也可以通过给会员发邮件进行促销。

（四）供应商的添加和维护

1. 登录

于地址栏中输入 malladmin.cai-mao.com 进入店铺后台管理系统，如图 5-1 所示。

图 5-1　登录店铺后台管理系统

2. 添加供应商

进入后台管理系统后单击"供应商管理"模块中的"供货商添加"，编辑好供应商信息后单击"添加"按钮，新的供应商便被添加到平台之中，如图 5-2 所示。

图 5-2　添加供应商

3. 供货商信息修改

单击"供应商修改",搜索出相关供应商后,单击"详细",修改供应商信息,如图 5-3 所示。

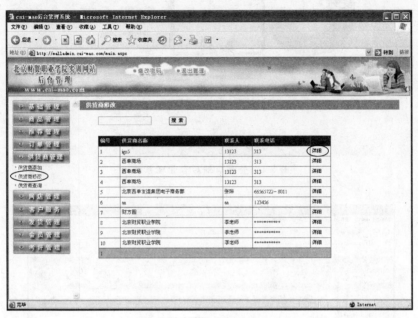

图 5-3　供货商信息修改

任务 2　商品管理及价格制定

添加新商品首先在大平台后台添加并审核,审核后需在小平台后台再次添加才能将商品展示在店铺内出售。

（一）大平台后台商品管理

1. 登录

登录 malladmin. cai-mao. com 后台系统。登录名:admin,密码:cfy123456!@♯,输入附加码后进入后台管理系统,如图 5-4 所示。

2. 添加新商品

在"商品管理"里选择"添加商品",进入"添加商品"编辑器填写相关选项,如图 5-5 所示。

填写内容注意事项:填写相关的商品信息,商品的分类及编号。商品编号必须是 10 位数字。选择好分类选项,供应商,填写供货价、进价、市场价等信息,上传相应规格的图片,然后单击"保存商品"按钮。保存之后,会出现"增加成功"字样,如图 5-6 所示。

图 5-4 登录店铺后台管理系统

图 5-5 添加新商品

图 5-6 保存商品

3. 审核商品

在"商品管理"里选择"审核商品进入中心库",单击"查询"按钮可查询想要添加的商品,被添加的商品便显示出来,如图 5-7 所示。

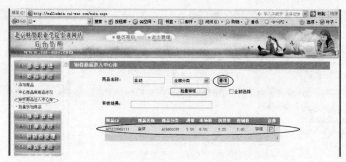

图 5-7 查询要添加的商品

选择单击"审核"就会出现"审核成功"字样,如图 5-8 所示。

图 5-8 审核商品

(二)店铺后台商品管理

1. 登录

在地址栏中输入 shopadmin. cai-mao. com 后,进入店铺后台管理系统,输入店铺域名:teacher,密码:666555 和效验码后进入小平台后台,如图 5-9 所示。

图 5-9 登录店铺后台管理系统

2. 挑选商品

单击"挑选商品",输入商品名称单击"查询"按钮,刚才在大平台后台添加、审核后的商品便显示出来,如图 5-10 所示。

图 5-10　挑选商品

3. 添加商品

单击"添加"按钮,操作结果一栏中便显示出该商品增加成功,如图 5-11 所示。至此完成了一个新商品的添加过程。

图 5-11　添加商品

也可以选择商品的分类,按商品类别查询。选择好商品类别,单击"查询"按钮,如

图 5-12 所示。

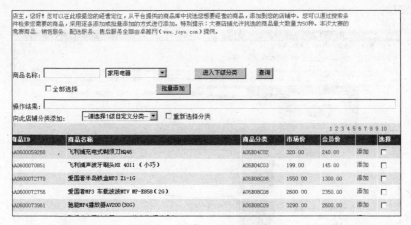

图 5-12 按商品类别查询商品

　　在查询到满意的商品后,您可以通过按每条商品信息中的"添加"链接来逐条将商品挑选到自己的店铺中,如果您想一次添加多条商品,请按每条商品信息中的"选择"复选框,然后按"批量添加"按钮实现将多条商品挑选到自己的店铺中,如果您想一次选择本页的所有商品,请您按"全部选择"复选框,"操作结果"框中的信息是您每次添加商品的结果信息,在批量添加的时候信息比较多,请复制到其他文字处理程序(WORD 或记事本等)中详细查看,每个店铺只能挑选 50 条商品,另外如果您想直接将您所挑选的商品放到您定义的"商品个性化分类"里,请选择好"向此店铺分类添加"后的分类选择下拉框后,再进行如上的挑选操作。

　　已经挑选过的商品还可以在界面中查询到。也可以一次挑选多条商品,具体的操作在商品说明中。当商品挑选不起作用时,请检查已经挑选了多少条商品,每个店铺只能挑选 50 条商品。

　　4.察看新商品

　　单击"预览店铺",如图 5-13 所示。

图 5-13 察看新商品

店铺前台首页左下方店铺商品分类中可查到刚刚添加的新商品，如图 5-14 所示。添加新商品成功。

图 5-14　添加新商品成功

（三）商品价格管理

1. 网站后台登录

登录网站后台管理系统 www. malladmin. cai-mao. com 后，在"商品管理"模块中单击"中心商品库商品修改"，如图 5-15 所示。

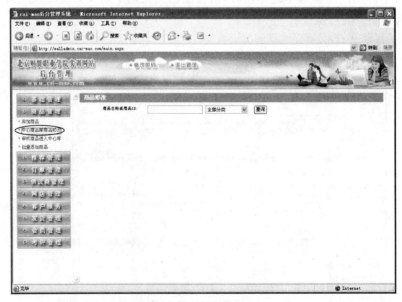

图 5-15　中心商品库商品修改

2. 查询要修改价格的商品

将要修改价格的商品编号输入商品 ID 一栏中,单击"查询"按钮,该商品便被显示出来,如图 5-16 所示。

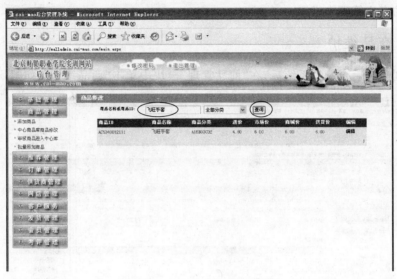

图 5-16　查询要修改价格的商品

3. 修改价格

单击商品后面的"编辑"按钮,进行价格修改,如图 5-17 所示。单击"保存修改",该商品的价格修改完毕。

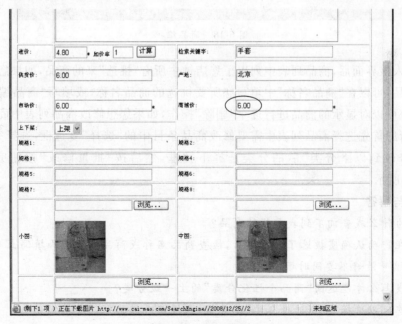

图 5-17　修改价格

价格管理的信誉价格指的是采购商在一定的采购数量范围内,获得的比市场价格更加优惠的价格。信誉价格定义就是要供应商设定自己的信誉价格待遇以及相应等级的要求。供应商只需要定义每个信誉等级的信誉价格和商品最少购买量。采购商的信誉等级在供应商的客户管理中设置。

(四)商品维护

登录到店铺后台管理系统后,在"商品管理"模块中单击"商品维护",如图 5-18 所示。

图 5-18　商品维护

在进入该界面后,商品列表中列出了您店铺中所有"挑选"来的商品,如果您只想查询特定的商品,可以在"商品名称"中填写您所要挑选的商品名称,或填写"商品编号"后,按"查询",您可以对显示的商品进行逐个"删除"操作,如果您想修改商品列表中商品的个性化分类,请您首先选择商品列表中需要修改商品条目中的"选择"复选框,选择完成后,选择"批量修改到以下分类"后的分类选择下拉框,然后按"批量修改"按钮完成操作,如图 5-19 所示。

疑问与解答

问:为什么我查询不到我要找的商品?

答:在您确认确实挑选了该商品后,检查商品名称或商品编号是否填写正确,商品名称和商品编号最好不要同时填写。

问:我怎么才能返回"商品个性化分类"的上一级分类?

答:您可以选择"重新选择分类"复选框,来返回一级的商品个性化分类。

店主，您好！您可以在此对您已经挑选的商品进行删除、修改店铺分类等操作。

商品名称：_____　　　商品编号：_____　　　　　　　查询

操作结果：

商品ID	商品名称	市场价格	会员价格	备注	个性化分类号		选择
AA0500059502	西门子无绳来电显示电话机W10(象牙白)	580.00	378.00		002	删除	□
AA0500064426	西门子无绳来电显示电话机W10子机	270.00	228.00		002	删除	□
AA0500062838	05款 最新西门子无绳电话玲珑型A48(醇酒红)	490.00	269.00		002	删除	□
AA0500064179	05款 最新西门子无绳电话A49子机(月光白)	290.00	252.00		002	删除	□
AA0500071651	06款彩屏西门子数字无绳电话杰家M56子机	890.00	626.00		001001	删除	□
AA0500062476	西门子数字无绳来电显示电话M46子机（柠檬黄或星际蓝）	850.00	520.00		001001	删除	□
AA0500060802	西门子数字无绳来电显示电话M46（柠檬黄）（新品）	1130.00	760.00		001001	删除	□
AA0500000183	西门子普通电话机HA8000（8）P/TS（白色）	258.00	129.00		003	删除	□
AA0500000136	西门子普通液晶显示电话机HA8000（5）P/T SDL（LCD）（白色）	398.00	248.00		003	删除	□
AA0500000185	西门子普通电话机HA8000（6）P/TD（红色）	218.00	155.00		003	删除	□

图 5-19　删除商品、修改商品分类

任务3　商品退换货处理

① 登录店铺后台管理系统后，单击"订单客服管理"，选择"退货申请"选项，单击"新增"按钮，如图 5-20 所示。

图 5-20　新增退货申请

② 写明退货详细信息。写清商品编号、支付方式、退货原因等内容，单击"增加"按钮，如图 5-21 所示。

图 5-21　写明退货详细信息

任务4　店铺状态管理

在北京财贸职业学院电子商务实训平台首页店铺搜索一栏中输入店铺名称,如果该店铺是正常"开店"状态,单击"go"按钮便可查询出该店铺,如图 5-22 所示。如果该店铺违反了网站相关规定,网站管理者可关闭该店铺,使该店铺状态更改为"关闭"状态,当在首页查询时便不能显现出来。

图 5-22　正常"开店"状态店铺

1. 后台登录

北京财贸职业学院电子商务实训平台后台管理系统，malladmin. cai-mao. com，输入登录名 admin，密码 cfy123456！@＃，附加码后进入后台管理系统，如图 5-23 所示。

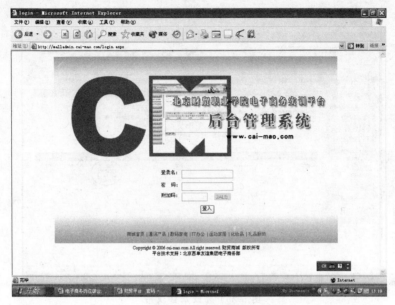

图 5-23　后台登录

2. 搜索店铺

单击"网店管理"模块，单击"店铺状态管理"，在店铺域名中输入店铺域名 teacher，单击"查询"按钮，该店铺便被搜索出来，如图 5-24 所示。

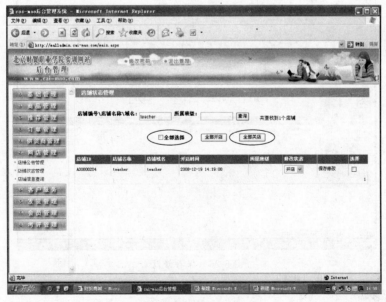

图 5-24　搜索店铺

3. 修改店铺状态

如果网站管理者想关闭某一网店,可单击修改状态下拉菜单,选择"关店"选项,如图 5-25 所示。

图 5-25　修改店铺状态

单击选择下方的单选框,单击"保存修改",该店铺经营状态便由"开店"转为"关店",如图 5-26 所示。

图 5-26　保存修改

4. 前台查询

登录北京财贸职业学院电子商务实训平台首页,在店铺搜索一栏中输入店铺名称,单击"go"按钮，如图 5-27 所示。

图 5-27　前台查询

使该店铺状态更改为"关闭"状态，当在首页查询时便不能显现出来，如图 5-28 所示。

图 5-28　无法查询出"关闭"状态的店铺

任务 5　模拟客户进行投诉、提建议等

客户会经常在网站前台发表自己的意见、投诉等，这是与客户非常好的沟通渠道。经理可模拟客户在店铺首页发表各种意见，检查相关岗位的人员是否及时进行了回复。

1. 进入小店首页

登录到 teacher. shop. cai-mao. com 店铺首页后,单击"关于本店"按钮,客户在弹出的页面上填写自己的咨询内容、观点和意见,单击"确定"按钮进行提交。如图 5-29 所示。

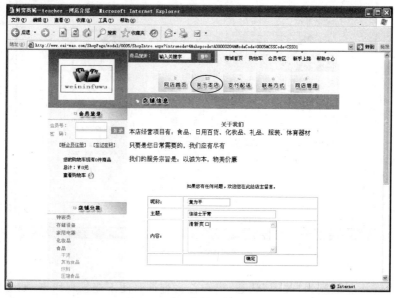

图 5-29 修改"关于本店"信息

2. 查看客户意见回复

店铺的管理人员在后台可方便地查看顾客咨询、投诉和各项建议。单击"客户问答管理"。在填写"标题"和选择"问题分类"后按"搜索"按钮,得到问答信息的列表,检查客户意见是否得到了及时回复,如图 5-30 所示。

图 5-30 查看客户意见回复

▲ 拓展训练

1．模拟网上采购训练：熟悉上海杨浦区政府采购网：http：//www. procure. gov. cn/的采购模式。

2．熟悉美国亚马逊网上销售书店：http：//www. amazon. com/的销售模式。

参 考 文 献

1. 昝辉. 网络营销实战密码——策略. 技巧. 案例. 北京:电子工业出版社. 2009

2. 张书乐. 实战网络营销——网络推广经典案例战术解析. 北京:电子工业出版社,2010

3. (美)托达罗. 网络营销的奥秘. 吴业臻译. 北京:人民邮电出版社,2010

4. (美)米迪·斯特劳斯,雷蒙德·弗罗斯特. 网络营销(第5版). 时启亮,孙相云,刘芯愈译. 北京:中国人民大学出版社,2010

5. 胡革,肖琦. 网络营销——工具＋理论＋实战. 北京:清华大学出版社,2010

6. 陈默. 网络营销应该这样做:制造非一般的网络影响力. 北京:机械工业出版社,2011

7. (美)温伯格. 正在爆发的营销革命——社会化网络营销指南. 赵俐等译. 北京:机械工业出版社,2010

8. 刘建昌. 网络营销——理论·方法·应用. 北京:清华大学出版社,2010

9. 蔡剑,叶强,廖明玮. 电子商务案例分析. 北京:北京大学出版社,2011

10. 周锡冰. 中小企业电子商务与信息化就这几招. 北京:企业管理出版社,2010

11. 张传玲,王红红. 电子商务网站运营与管理北京:北京大学出版社,2009

12. 腾芫. 电子商务与网络营销. 北京:中国财政经济出版社,2010

13. 张昕,史建政. 电子商务网站规划开发实训教程. 天津:天津大学出版社,2010

14. 扈健丽. 电子商务概论. 北京:北京理工大学出版社,2010

15. 徐天宇. 电子商务系统规划与设计. 北京:清华大学出版社,2010